新装版

必殺闇同心 夜盗斬り

黒崎裕一郎

祥伝社文庫

目次

南本所番場町
万蔵宅
吾妻橋
浅草寺
新黒門町
料理屋「翁屋」
不忍池
徳大寺
摩利支天
神田花房町
質屋「生駒屋」
柳橋
船宿「卯月」
橘町
小料理屋「笹ノ屋」
本所石原町
本所横網町
本所北割下水
相生町
両国橋
神田松田町
お紺宅
神田三河町
油問屋「近江屋」
浅草御門橋
薬研堀
料理屋「喜代川」
二ツ目橋
亀井町
久松町
竈河岸
浜町堀
深川常盤町
北町奉行所
南町奉行所
鍛冶橋
弾正橋
白魚橋
地蔵橋
八丁堀
湊橋
大川
小名木川
深川堀川町
寺沢弥五左衛門
(寺門静軒)宅
永代橋
比丘尼橋
京橋
数寄屋橋
京橋木挽町
時岡庄左衛門屋敷
鉄砲洲稲荷
亀島川
(越前堀)
門前仲町
料亭「磯松」
西念寺横丁

「必殺闇同心 夜盗斬り」の舞台

地図作成／三潮社

第一章　押し込み

1

九月（新暦十月）に入ったばかりだというのに、江戸の街を吹きわたる風は、すでに冬の気配をふくんでいた。時折、路地の奥に小さなつむじ風が巻き立ち、路傍に散り積もった枯れ葉を舞い上がらせている。

寅の上刻（午前四時前）――人々がもっとも深い眠りにつく時刻である。

ひっそりと寝静まった神田三河町一丁目の路地を、猫のように忍びやかに疾走する四つの黒影があった。いずれも黒布で面をおおい、鈍色の筒袖に木賊色の股引き、草鞋ばきといったいでたちである。

四つの影は、路地の突き当たりの板塀の前で立ち止まると、一人が片膝をついてかがみ込み、別の一人がその男の肩に足をかけて跳躍し、ひらりと板塀を飛び越えた。

トン。

と塀の内側で着地する音が聞こえ、ほどなく裏木戸が開いた。外で待ち受けていた三人がすかさず中に飛び込む。

油問屋『近江屋』の裏庭である。植え込みの奥に二階建ての母屋が見えた。屋内には一穂の明かりもなく、物音ひとつしない。

左手になまこ壁の土蔵が建っている。四人はその土蔵に向かって音もなく走った。

土蔵の戸口付近で足をとめると、一人が分厚い塗籠戸の前に歩み寄り、ふところから数本の針金を取り出して、錠前に差し込んだ。船底型といわれる頑丈一点張りの五寸錠である。寸秒もたたずに鍵が開いた。

音を立てぬように、用心深く塗籠戸を引き開けて中に侵入する。

桐油紙の包みや荒菰包み、木箱などが山と積まれている。その中にひときわ堅牢な木箱があった。厚さ七分（約二センチ）ほどの松で作られた木箱である。箱の四隅は鉄製の枠金や帯金で補強され、蓋には錠前がかけられている。これは巾着型と呼ばれる小型の錠前である。

「こいつを開けろ」

首領分らしき肩幅の広い、がっしりした体軀の男が低い声でいった。

「へい」

先刻の男がすばやく錠前に針金を差し込んで鍵を開ける。中には十両包みの小判がぎっしり詰まっていた。俗にいう千両箱である。四人の男たちは、ふところから布袋を取り出し、十両包みの小判をわしづかみにして袋に詰め替えはじめた。

小判一枚の重さはおよそ四・七匁（約十七・六グラム）である。その千倍は四貫七百匁（約十七・六キロ）、箱の重さを加えると、千両箱一個の重量は六貫（二十二・五キロ）を超える。それほどの重さの千両箱をかついで運び出すにはかなりの膂力がいるし、万一追われた場合、足手まといになる。袋に小分けしたほうが運びやすいのは、理の当然であろう。

四人がそれぞれの袋に小判を詰め込んで、土蔵を出ようとしたときである。ふいに母屋の濡れ縁に手燭を持った男が姿をあらわした。中年の番頭ふうの男で

ある。小用を足すために起きたらしい。男が賊の影に気づいて、

「ど、泥棒！」

大声で叫んだ。同時に屋内のあちこちで襖や障子を引き開ける音がして、あわただしい足音とともに、三人の奉公人が蹌踉と飛び出してきた。

「だ、誰か、番屋に知らせてきておくれ！」

「ちくしょう！」

首領分とおぼしき男がやおら匕首を抜き放った。

「面倒だ。殺っちめえ！」

四人の賊はいっせいに匕首を振りかざし、濡れ縁に向かって走った。奉公人たちが悲鳴をあげて逃げまどう。悲鳴や物音を聞きつけて、さらに二人が飛び出してきた。四人の賊は山犬のように凶暴な牙を剥いて、奉公人たちに襲いかかる。

喉を裂かれて濡れ縁からころげ落ちる者、胸を刺されてくずれ落ちる者、腹をえぐられて倒れ伏す者。血しぶきが飛び散り、怒声や悲鳴が交錯、阿鼻叫喚の地獄絵図である。

「ずらかれ！」

首領の下知を受けて、賊たちがいっせいに身をひるがえした。

さながら殺戮(さつりく)の嵐だった。あちこちに血まみれの死骸(しがい)が累々(るいるい)ところがり、濡れ縁から庭先にかけて一面血の海と化している。

北町奉行所の定町廻(じょうまちまわ)り同心(どうしん)・佐川陽之介(さがわようのすけ)と井沢欣次郎(いざわきんじろう)が、小者(こもの)数人をしたがえて駆けつけてきたのは、それから一刻後だった。すでに東の空はしらじらと明けそめ、『近江屋』の裏庭にも薄明(はくみょう)がさしていた。

検死をおえた死骸の一つひとつに、小者たちが筵(むしろ)をかぶせている。その様子を『近江屋』のあるじ・幸右衛門(こうえもん)が青ざめた顔で茫然(ぼうぜん)と見守っている。

「また、同じ手口だな」

土蔵の戸口に落ちている錠前に視線をそそぎながら、佐川が苦々しくいった。

「これほど頑丈な錠前を破れるやつは、そうざらにはおるまい」

井沢の声も苦い。佐川が首をめぐらして、庭先に立っている幸右衛門に声をかけた。

「あるじ」

「はい」

幸右衛門がおずおずと歩み寄ってくる。

「賊を見た者はいないのか」

「女中のお末が窓の隙間からちらりと見たと申しておりますが、黒布で覆面をしていたので、顔まではわからなかったそうで」

「賊は何人だった」

「四人だそうです」

「そうか」

「ほかにもこの付近で賊を見かけた者がいるかもしれん。聞き込みに歩いてみるか」

井沢がいった。「うむ」とうなずいて佐川が背を返したとき、裏木戸から二人の武士が肩をいからせて傲然と入ってきた。

一人は楔のようにあごの尖った狷介な目つきの三十四、五の武士、火付盗賊改役与力・中尾軍蔵。もう一人は中尾よりやや若年の丸顔の武士、配下の同心・塚田平助である。

「あ、中尾さま、おはようございます」

佐川が慇懃に頭を下げた。

「検死は済んだのか」

挨拶も返さずに、中尾がいきなり訊いた。二人を見下すような横柄な物言いである。

「はい。一通り調べが済みましたので、われわれは先に失礼させていただきます」

丁重に応えると、佐川と井沢は小者たちをうながして逃げるように足早に立ち去った。

火付盗賊改役は、読んで字のごとく、放火や強盗などの凶悪犯罪を専門に捜査する機関である。略して「火盗改」、御先手組の組頭がこれを兼務したので、一名「加役」とも称された。

本来、治安維持や犯罪の取り締まりは町奉行の役目なのだが、激増する凶悪犯罪に対処できなくなったために、番方（武官）の御先手組に犯罪の取り締まりを兼務させるようになったのである。

御先手組は、戦時には将軍の先陣をつとめるだけに、幕臣のなかでもとくに荒武者がそろい、犯罪者の検挙、取り調べは苛烈をきわめた。

ご存じ「鬼平犯科帳」の主人公・長谷川平蔵も、天明・寛政年間に火付盗賊改役をつとめた人物である。平蔵は、時の老中・松平定信に、無宿人や犯罪者を収容するための石川島人足寄場の設置を建議し、寛政二年（一七九〇）から二年間、火盗改役と人足寄場取扱を兼務、寛政七年（一七九五）五月、在職のまま没した。享年五十。

松平定信は、その長谷川平蔵を評して、

「利欲をむさぼる山師のような姦物と悪評が高いが、それぐらいでなければ盗賊逮捕などはできるものではない」

と述べている。つまり「毒は毒をもって制する」という論法である。

現在、「火盗改役」をつとめているのは、御先手鉄砲組頭千五百石の旗本・佐久間将監である。配下に与力十騎、同心五十人がいる。

「近江屋」

中尾軍蔵が庭先に立っている幸右衛門に目を向けた。

「盗まれた金はいくらだ」

「千両でございます」

「ほう、この不景気なご時世に千両もの大金が蔵に眠っていたとはな」

中尾の目に狡猾な光がよぎった。

「油問屋とはよほど儲かる商いのようだな」

「い、いえ」

幸右衛門が戸惑うように首を振った。

「あの千両はすべてが手前どもの利益というわけではございません。仕入れ先への支払いや奉公人の給金などもございますし」

「お上への冥加金はどうなっている？」

中尾がずばり詰問した。冥加金とは、幕府が商人に株仲間を許可して商いの独占権を与え、その見返りとして徴収する、現代の法人税のようなものである。この冥加金が幕府財政の重要な収入になっていた。

「もちろん、毎月きちんと納めております」

「怪しいものだな。一度勘定所の改方に調べさせるか」

幸右衛門の顔に当惑の色が浮かんだ。

もとより調べられて困るようなことはないのだが、勘定所の吟味（査察）が入れば、役人の匙加減しだいでさらに冥加金を追徴される恐れがある。できれば面倒なことは避けたいというのが幸右衛門の本音だった。その弱みにつけこんで、中尾はゆさぶりをかけているのである。

中尾の下心を見ぬいた幸右衛門は、すばやくふところから二両の金子を取り出して懐紙につつみ、丁重に差し出した。

「ご多用のところ、お役目ご苦労さまにございます。些少ではございますが、どうぞお納めくださいまし」

中尾は、さも当然のごとくそれを受け取ると、ろくな調べもせずに、

「せいぜい戸締まりに気をつけることだな」

とい残し、塚田をうながして傲然と立ち去った。現場検証を口実に、金をせびりにきたようなものである。千両箱を盗まれた上に、火盗改与力から金をたかられたのでは、たまったものではない。幸右衛門にとっては、まさに踏んだり蹴ったりだった。

2

「おはようございます。おはようございます」

南町奉行所内の中廊下を、あわただしく行き交う古参同心や与力に、小腰をかがめながらぺこぺこと頭を下げてゆく平同心がいた。

六尺（約一八二センチ）ちかい長身、やや面長な顔、ひげが濃く、鷹のように鋭い目つきをしているが、その風貌とは裏腹に卑屈なほど物腰が低く、どこか頼りなげに見える。

名は仙波直次郎、歳、三十一。「両御組姓名掛」をつとめる同心である。

直次郎の用部屋は、表役所の北側のいちばん奥まったところにあった。六畳ほどの薄暗い板敷きの部屋である。その用部屋で、直次郎は朝五ツ（午前八時）から暮七ツ（午後四時）までの四刻（八時間）を、たった一人で過ごすのである。

「両御組姓名掛」という役職は、南北両町奉行所の与力・同心の昇進、配転、退隠、賞罰、死亡などを姓名帳に加除記入する職員録の掛かりだが、実際には書棚に積まれた膨大な書類を管理するだけの退屈きわまりない仕事だった。

用部屋に入ると、まず書棚の書類や綴りを一冊ずつ取り出して埃をはらい、頁をくって汚れや虫食いの有無を点検し、また書棚にもどす。それが済むと机に向かって名簿をひろげ、姓名欄に一通り目をとおす。やることといえばそれだけだが、ときには上役から使いっ走りを頼まれたり、本来小者がやるべき雑用を押しつけられたりすることもあった。

役職名はいかにも仰々しいが、要するに閑職なのである。

「さて」

と机の前に腰をおろして、姓名帳を広げようとしたとき、

「仙波さん、仙波さん」

遣戸越しに低いしゃがれ声がした。立ち上がって戸を引き開けると、廊下に初老の小柄な男が立っていた。例繰方同心の米山兵右衛である。

「米山さん、おはようございます」

「茶でも飲みませんか」

兵右衛が欠けた歯をみせてニッと笑った。歳は五十二。例繰方一筋に歩いてきた古参同心で、人柄は温厚篤実、直次郎が心をゆるせる数少ない人物の一人である。

「では、お言葉に甘えて」

「どうぞ、どうぞ」

と兵右衛がとなりの部屋に招じ入れる。

十畳ほどの板敷きの部屋である。三方の壁は書棚になっていて、分厚い綴りがぎっしり積み重ねてある。そのほとんどは罪囚の犯罪の状況や断罪の擬律などが記録された御仕置裁許帳（現代でいう刑事訴訟の判例集）である。それらの書

類を作成し、保管する役目を「例繰方」といった。

部屋の一隅に小さな手焙りがあり、鉄瓶がしゅんしゅんと音を立てて湯気を噴き出している。その湯を急須にそそぎながら、

「昨夜、また押し込み事件がありましたよ」

兵右衛が嘆くような口調でいった。

「例の四人組ですか」

「神田三河町の油問屋『近江屋』が襲われて、五人が殺されたそうです」

「そうですか。するとこれで四件目になりますな」

「ええ」

とうなずいて、兵右衛が湯呑みに茶を入れて差し出した。

「このひと月のあいだに四件ですからねえ。荒稼ぎもいいところです」

「ま、しかし」

茶をすすりながら、直次郎は皮肉な笑みを浮かべた。

「今月から月番が北町に代わったので、市中の警備も少しは厳しくなるでしょう」

江戸の市政は、南町奉行所と北町奉行所が月交代で担当することになってい

る。

今月は北町奉行所の月番なので、茶をする二人の顔にも、どことなくのんびりとした雰囲気がただよっていた。

「南と北では職務に対する心構えがちがいますからねえ」

兵右衛が自嘲の笑みをにじませていった。

「町の者はそこんところをよく見ておりますよ。南町はさっぱり頼りにならないが、北町なら信頼できると、誰もが口をそろえてそういってます」

「当たってるだけに、つらいものがありますな」

昨年（天保十二年）の暮れ、老中首座・水野越前守忠邦の推挙によって、目付上がりの鳥居甲斐守耀蔵が南町奉行に就任して以来、南町奉行所は犯罪捜査そっちのけで、水野が推進する改革政治——世にいう「天保の改革」の諸策に奔走してきた。

鳥居は従来の三廻り（定町廻り、臨時廻り、隠密廻り）のほかに、市中の経済の動向を監視するための諸色（物価）調掛と、風俗や出版などを取り締まる市中取締掛を新たに設置して、禁令違反者を呵責なく摘発した。ゆえに酷吏の悪評高く、江戸市民から「妖怪（耀甲斐）」と呼ばれてうとまれていた。

一方の北町奉行は、名判官の聞こえ高い遠山左衛門尉景元、ご存じ「遠山の金さん」である。鳥居耀蔵とは対照的に、下情に通じ、自由な気風を好む遠山は、幕府が発令した倹約令や奢侈禁止令の布達を遅延させるなど、水野越前守の改革政治に徹底的に抵抗し、市民の人気を集めていた。

今月は、その遠山景元が江戸の市政を担当するのである。市民の期待が高まるのも当然のことである。

「いずれにしても」

兵右衛が飲みほした湯呑みに茶をそそぎながら、

「遠山さまのことですから、このまま盗賊どもを野放しにしておくような真似はしますまい。そのうちきっと御用弁になるでしょう」

「他力本願というのも情けない話ですが、このさい北町の連中にはぜひ頑張ってもらいたいものですな」

「同感です。もう一杯いかがですか」

「いえ、もう十分いただきましたので」

湯呑みをおいて、直次郎が立ち上がろうとしたとき、

「おい、仙波。仙波はおらんか！」

突然、野太い声がひびき、ずかずかと廊下を踏み鳴らす足音がした。

「は、はい！」

あわてて飛び出すと、内与力の大貫三太夫が、肩をいからせて大股にやってきた。

内与力というのは、奉行所の役人ではなく、奉行・鳥居耀蔵の直参の家臣である。歳は直次郎より三つ下の二十八歳。若輩者のくせに、鳥居の威を借りて誰に対しても権柄ずくに振る舞う大貫は、奉行所内の鼻つまみ者だった。

「何か御用で？」

「お奉行のお役宅の屋根瓦が一枚ほど割れている。すぐ修繕するよう、屋根職人に申し伝えてきてくれ」

「かしこまりました」

「よいな。すぐにだぞ」

高飛車にそういうと、大貫はクルッと背を返して足早に立ち去った。遣戸の隙間からその様子を見ていた兵右衛が、「やれ、やれ」と嘆息をついて、

「ああいう新参者が大手を振って奉行所内を跋扈してるんですからねえ。皆がやる気をなくすのも無理はありませんよ」

「致し方ありません。泣く子と地頭には勝てませんからな。わたし、屋根職人の家に行ってまいりますので、留守中よろしくお願いします」

「承知しました。行ってらっしゃい」

兵右衛に見送られて、直次郎は奉行所を出た。

奉行の役宅の営繕・修理などの手配は、本来、鳥居耀蔵の直属の若党や中間がやるべき仕事である。それを奉行所の役人にやらせるのは本末転倒、公私混同もはなはだしい。血気盛んなころの直次郎だったら、その場で十手を返上して役所を辞めていただろう。

しかし、いまの直次郎はちがった。

鳥居耀蔵という偏狭固陋な人物が奉行の座についてから、直次郎の人生観は一変した。とにかく奉行所に一歩足を踏み入れたら、長いものには巻かれ、面従腹背を決めこむのが肝要なのだ。達観というより、諦めに似た心境である。

（それが下っぱ役人の処世術よ）

そう割り切ってしまえば、「両御組姓名掛」という閑職もまんざら捨てたものではなかった。ほかの役職に比べれば、はるかに気楽だったし、使いっ走りや雑用もまたとない息抜きの口実になるからである。

神田白壁町の屋根職人・喜助の家をたずねて、大貫の用命を伝えたあと、直次郎は南本所に足を向けた。

青く澄みわたった空に、真綿のようなちぎれ雲が浮かんでいる。

吾妻橋の東詰の大欅が、もうハラハラと葉を散らしはじめていた。

晩秋の冷気をふくんだ風が、大川の川面にさざ波を立てながら吹き抜けてゆく。直次郎は肩をすぼめて吾妻橋をわたり、大川ぞいの道を南に向かって歩をすすめた。

土井能登守の下屋敷の北はずれに、板葺き屋根の小家が軒をつらねる町屋があった。

南本所番場町である。その一角に看板もかかげず、屋号も記していない、間口二間（約三・六メートル）ほどの小さな古着屋があった。直次郎の〝闇稼業〟仲間、万蔵の店である。

「万蔵、いるか」

腰高障子を引き開けて中に声をかけると、板間に積まれた古着の山の奥から、四十年配の男がうっそりと出てきた。頭髪が薄く、額が庇のように突き出た、狒々のような顔をした男である。

「やァ、八丁堀の旦那」

万蔵が黄色い歯をみせて笑った。笑うと存外愛嬌のある顔をしている。

「何か御用ですかい」

「別に用があってきたわけじゃねえ。たまにはおめえの顔でも見てやろうと思ってな。変わりはねえかい？」

「おかげさまで、何とか生きておりやす」

「そのようだな」

直次郎も笑ってみせた。

「むさ苦しいところですが、どうぞ、お上がりになっておくんなさい」

板間の奥の六畳の部屋に直次郎を招じ入れると、万蔵は茶をいれて差し出した。

「最近、半の字からさっぱり声がかからねえが、おめえのほうはどうなんだ？」

茶をすすりながら、直次郎が訊いた。「半の字」とは、裏仕事の連絡役をしている半次郎のことである。

「あっしも、この半月あまり無沙汰しておりやす」

「そうか」

「裏仕事がねえってことは、それだけ世の中が平穏なんでしょうが、あっしらにとっちゃ痛しかゆしってところで。このまま江戸から悪党が消えちまったら、おまんまの食い上げですからねえ」

「心配するな。江戸から悪党が消えるなんてことは、金輪際ねえさ」

直次郎は苦笑した。

「浜の真砂がつきるとも、世に悪党の種子はつくまじ、ってな」

「うまいことをいいやすねえ。誰の和歌ですかい、それは？」

「和歌じゃねえ。石川五右衛門の辞世の句をもじっただけよ」

「へえ。あの有名な大泥棒の句ですかい」

「泥棒で思い出したが」

直次郎はふと真顔になって、

「このところ四人組の盗賊が江戸を荒らし廻ってるって話は知ってるか」

「もちろん、存じておりやすとも」

「ひょっとして、おめえ、心当たりがあるんじゃねえのか、その賊に」

「あっしが？」

「蛇(じゃ)の道はヘビだ」

万蔵の生まれ育ちは駿河国(するがのくに)・藤枝(ふじえだ)である。二十(はたち)のときに博奕(ばくち)の咎(とが)で入れ墨(ずみ)刑を受けて所払(ところばら)いになり、以来二十余年間、世間に背を向けてあちこちを転々と渡り歩いてきた。

本人は多くを語ろうとはしないが、流浪(るろう)の二十余年間、かなりの修羅場(しゅらば)をくぐってきたであろうことは、想像にかたくなかった。闇世界の裏事情にも精通しているにちがいない。

「へへへ」

万蔵は照れ笑いを浮かべながら、頭をかいた。

「旦那の眼力にはかないやせんねえ」

「心当たりがあるのか」

「へえ」

万蔵の顔から笑みが消えた。

「あっしの勘に狂いがなけりゃ、その四人組は、猫目(ねこめ)の源蔵(げんぞう)一味にちがいありやせん」

「猫目の源蔵？」

「五年ほど前に上方を荒らし廻っていた名うての盗っ人一味です」

　ちょうどそのころ、万蔵は大坂守口町の博奕打ちの家に居候していたという。

「大坂の町奉行所も必死になってやつらの行方を追ってやしたがね。手がかり一つつかめねえうちに、ぷっつり姿をくらましちまったそうで」

「なるほど。その猫目一味が江戸に出稼ぎにきやがったってわけか」

「というより、江戸にもどってきた、といったほうがいいかもしれやせんぜ」

「もどってきた？」

「もともと猫目の源蔵ってのは、関東の出だそうです」

「関東のどこだ？」

「上州（群馬県）吾妻郡の出だと、うわさに聞きやしたが」

「上州か。それにしても、荒っぽい仕事をする連中だ。はやいとこ召し捕らねえと、町の者はおちおち眠れやしねえぜ」

　直次郎が腹立たしげにそういうと、万蔵は皮肉な笑みを浮かべて、

「けど貧乏人には関わりありやせんよ。猫目にねらわれるのは金持ちだけですから」

「まあな」

湯呑みに残った茶をずずっと飲みほして、直次郎は立ち上がり、

「またくるぜ」

といいおいて、ふらりと出ていった。

3

浅草広小路の一膳めし屋で早めの中食をとり、半刻（一時間）ほど浅草寺の境内をぶらついたあと、直次郎は帰途についた。

浅草御門橋をわたって、馬喰町四丁目にさしかかったときである。

「仙波さん」

人込みの中で、ふいに声をかけられた。振り返ると、三十二、三の剽悍な面立ちをした武士が足早に歩み寄ってきた。北町奉行所の定町廻り同心・佐川陽之介である。

「やァ、佐川さん、おひさしぶりですな」

「どちらへ行かれるので？」

「役所にもどるところです。佐川さんは見廻りですか」

「聞き込みですよ。昨夜の押し込み事件の」

「ああ、例の四人組の盗賊ですか」

「やっとわたしの出番が廻ってきたようです」

そういって、佐川は自信ありげに笑ってみせた。

かつて直次郎が定町廻りをつとめていたころ、佐川と直次郎は南北両町奉行所の「竜虎（りゅうこ）」といわれるほどの敏腕（びんわん）同心だった。歳もほぼ同じで、そのころからお互いに気心も知れていた。

ところが……。

去年の暮れ、目付上がりの鳥居耀蔵が南町奉行の座についたとたん、直次郎は「両御組姓名掛」に左遷され、第一線から姿を消した。それ以来、二人の交流はぷっつりと途絶えていたのである。

「仙波さんがお役替えになったと聞いたときは、正直、驚きましたよ」

歩きながら、佐川が小声でいった。

「あまりにも突然のことでしたし、まさか仙波さんが飛ばされるとは思ってもみませんでしたからねえ」

「じつは、わたしにもよくわからんのですよ、お役替えの理由が。たぶん政争のトバッチリを受けたんじゃないかと」

「政争？」

「前任の矢部駿河守さまと鳥居甲斐守さまは犬猿の仲でしたから」

「つまり、仙波さんは矢部派と見なされたわけですか」

「わたし自身は、とくに矢部さまに目をかけられたという憶えはないんですがね。ま、坊主憎けりゃ袈裟まで憎しってところでしょう」

他人事のように淡々と語る直次郎を見て、佐川が同情するようにいった。

「理不尽としかいいようがありませんな」

「佐川さんは、いいお奉行に恵まれました。名伯楽のもとに名馬ありですよ」

そういって、直次郎はうつろに笑った。

名伯楽とは、北町奉行・遠山左衛門尉景元のことであり、名馬とは、むろん佐川陽之介のことである。

伯楽（馬喰）は馬を選ぶことができるが、馬は伯楽を選ぶことができない。その差が二人の明暗を分けたのだと直次郎は思う。佐川の胸中にも同じ思いがあるのだろう。

「もし仙波さんが北町にいたら、いまごろ与力に出世してますよ」

真顔でそういった。社交辞令ではなく、本心からの言葉である。

「いやァ、わたしはそんな器じゃありません」

と謙遜しながら、直次郎はふと思い出したように、

「あ、そうそう。つい先ほど、ある筋から耳よりな情報を手に入れたんですが」

「情報？」

「例の四人組の盗賊です。上方を根城にしていた猫目の源蔵一味だそうで」

「ああ、それなら知っております」

「え、ご存じでしたか」

意外というより、驚きが先に立った。つい寸刻前に直次郎が手に入れた情報を、佐川はすでにつかんでいたのである。さすがといえた。

「では、その猫目の源蔵が上州吾妻郡の出だということも、ご存じで？」

「いえ、それは初耳です。いいことを聞きました。今後の探索の手がかりになるでしょう。ありがとうございます」

「どういたしまして」

「では、わたしはここで失礼します」

一揖して、佐川は馬喰町三丁目の辻角を左に曲がっていった。

通行人たちが小腰をかがめて佐川に頭を下げてゆく。人波に呑みこまれてゆく佐川のうしろ姿を、直次郎はまぶしそうな目で見送った。

定町廻りは、町奉行所の花形といわれる役職である。

町の者からは畏敬の念で見られるし、盆暮や五節句、物日には、見廻り先の商家からの付け届けが引きも切らなかった。身分は御目見得以下の薄禄の御家人だが、実際には数百石の旗本に匹敵するほどの収入があり、羽振りもよかった。

かつては直次郎も、若手同心や朋輩を引き連れて、夜な夜な派手に遊びまわったものだが、それもいまは夢のまた夢。「両御組姓名掛」に飛ばされてから、直次郎は冷や飯食いの貧乏同心に成り下がってしまったのである。

こうして町を歩いていても、挨拶をしてゆく者は一人もいなかった。顔見知りの者さえ目も合わさずに素通りしてゆく。直次郎の存在などまったく眼中にないのだ。

(世間なんて現金なものよ)

腹の底でぼやきながら、直次郎は雑踏を縫うようにして帰路を急いだ。

奉行所にもどったのは、八ツ（午後二時）ごろだった。

用部屋に入って机の前に腰を下ろし、分厚い姓名帳に目を通しているうちに、直次郎はふと睡魔に襲われ、壁にもたれたまま、いつしか眠り込んでしまった。

どれほどの時がたっただろうか……。

あわただしく廊下を行き交う足音で目が覚めた。西側の障子窓にうっすらと残照がさしている。どうやら退勤時刻の七ツ（午後四時）をまわっているようだった。

机の上に広げっぱなしになっていた帳簿や綴りを片づけると、直次郎は気もそぞろに用部屋を出て奉行所をあとにした。

秋の日は釣瓶落としという。

奉行所の表門を出たとき、西の空を茜色に染めていた残照が、比丘尼橋にさしかかったころには、もう夕闇に変わっていた。

比丘尼橋をわたって北詰を右に曲がり、京橋川の北岸の道を南へ一丁も行くと八丁堀に出る。直次郎はいつもその道すじをたどって帰宅するのだが、この日は右に曲がらず、そのまま真っすぐ外濠ぞいの道を北に向かって歩を進めた。

ひさしぶりに柳橋の船宿『卯月』に立ち寄ろうと思ったのである。

『卯月』は、直次郎が定町廻りをつとめていたころ、三日にあげず通いつめていた船宿である。「両御組姓名掛」に配転になってから心付け、すなわち見廻り先からの「役得」がなくなってしまい、すっかり足が遠のいていたが、「闇稼業」のおかげで十日に一度ぐらいは通えるようになった。

日本橋堀江町、田所町を経由して浜町河岸に出た。

西の空に利鎌のような三日月が浮いている。

浜町堀の水面を寒々と風が吹きわたってくる。陽が落ちると同時に急に冷え込んできたせいか、四辺には人影もなく、河岸通りはひっそりと静まり返っている。

千鳥橋をわたろうとしたときだった。

突然、カラカラと駒下駄の音がひびき、夕闇の奥から一目散に走ってくる女の姿が、直次郎の目路に入った。女の後方から二つの影が追ってくる。

直次郎が足をとめて不審げに見ていると、駆け寄ってきた女が、

「お、お助けくださいまし」

息をはずませながら、直次郎の背後にまわり込んだ。事情を訊く間もなく、女を追ってきた二つの影が直次郎の前に立った。いずれも垢じみた薄汚い浪人者で

ある。

「何だ、貴様は」

一人が剣吞(けんのん)な目で誰何(すいか)した。肩幅の広い、がっしりした体軀の浪人である。酒が入っているらしく、二人とも目が赤く濁っている。

「見てのとおり、町方ですよ」

「八丁堀か」

別の一人がじろりと一瞥(いちべつ)した。ひげが濃く、鍾馗(しょうき)のように獰猛(どうもう)な顔をしている。直次郎の背後で、女が怯(おび)えるように体を震わせている。

「この女に何か用ですかい」

「貴様には関わりがない。そこをどけ」

「わたしは役人ですからね。見て見ぬふりをするわけにはいかんのですよ」

女をかばって、直次郎は二、三歩あとずさった。

「そうか。邪魔立てするなら致し方あるまい」

二人の手が刀の柄(つか)にかかった。

「何の真似ですかい、それは」

「斬る！」――

いいざま、二人が同時に抜刀した。直次郎は女をうしろに押しやると、やや腰を落として半身にかまえた。心抜流(しんぬきりゅう)居合(いあい)術のかまえである。

二人の浪人は、刀を中段にかまえ、じりじりと足をすって左右に移動した。両脇から攻めるつもりである。直次郎は刀の柄に手をかけたまま、両者の足もとを見ている。

右に立った浪人が切っ先をゆらしながら、斬り込む間合いを計っている。左の鍾馗のような顔の浪人がゆっくり刀を振りあげて、上段にかまえた。

そのとき、右の浪人の足が間境(まざかい)を越えた。——と見た瞬間、直次郎は左に体をむけていた。

「死ねッ！」

わめきながら猛然と斬りかかってきたのは、鍾馗のような顔の浪人だった。

刹那(せつな)、

直次郎の抜きつけの一閃(いっせん)が、斬りかかってきた浪人の手元に飛んだ。電光石火の居合抜きである。骨を断つ鈍い音がして、何かが宙に舞い、浪人の足元にドサッと落下した。

「わッ」

悲鳴をあげて、浪人はぶざまに尻餅をついた。傍らに両断された浪人の右手首が刀をにぎったままころがっている。それを見て、もう一人が顔色を失った。

「おい、大丈夫か。しっかりしろ！」

「わ、わしの手が！」

切断されたおのれの手首を拾いあげると、浪人はよろめくように立ち上がり、

「おのれ、覚えていろ！」

捨て台詞を残して、脱兎の勢いで奔馳した。もう一人もあわてて走り去る。

闇のかなたに消えてゆく二人を見送りながら、直次郎は刀の血ぶりをして鞘におさめ、背後に立っている女を振り返った。その瞬間、直次郎は思わず瞠目した。

息を呑むほどの美形である。歳のころは二十二、三。抜けるように色が白く、黒い大きな眸がうるんだようにキラキラと耀いている。鼻筋がすっと通り、可憐な唇が花びらのように紅い。直次郎はわれにもなく動揺した。

「お役人さまのおかげで助かりました。ありがとうございます」

女が丁重に頭を下げた。

「いったい、何があったんだ？」

「あの二人にからまれたんです。酒を付き合えと」

「そいつはとんだ災難だったな。こんな時分に女の一人歩きは物騒だ。おれが送って行こう。住まいはどこだ？」

「あ、あの、わたし、これから仕事がありますので」

「仕事？」

「橘町の小料理屋で働いているんです」

「そうか。じゃ、その店まで送って行こう」

直次郎が踵を返して歩き出した。女が黙ってそのあとにつく。

千鳥橋をわたり、東詰を左に折れて浜町堀にそって半丁（約五十メートル）も行かぬうちに、右手にちらほらと町明かりが見えた。橘町一丁目の盛り場の明かりである。

「このお店です」

女が足をとめたのは、間口二間半ほどの小体な小料理屋だった。

軒先に『笹ノ屋』の屋号を記した軒行灯がかかげられ、戸口には篠竹の前栽と小さな石灯籠を配した坪庭があった。

「申しおくれました。わたし、お紺と申します。よろしかったら、お立ち寄りになりませんか」

直次郎はちょっと逡巡しながら、

「せっかくだから、一杯だけ呑んで行くか」

意を決するようにお紺のあとについて中に入った。七、八人も入ればいっぱいになるような狭い店である。近くの商家のお店者らしき男が二人、奥の小座敷で猪口をかたむけていた。客はその二人だけである。

板場で初老の男が立ち働いている。

「遅くなりまして」

お紺が声をかけると、男が菜箸を持つ手をとめて顔をあげた。あるじの与兵衛である。

「お客さんをお連れしました」

お紺の背後に立っている直次郎を見て、与兵衛が愛想たっぷりの笑みを浮かべた。

「いらっしゃいまし。どうぞ、おかけください」

直次郎はかるく会釈を返して、戸口ちかくの卓の前に腰を下ろした。

「酒を二本ばかりもらおうか」

「お燗にしますか」

「いや、冷やでいい」

「かしこまりました」

ほどなく、お紺が盆に徳利二本と和え物の小鉢をのせて運んできた。直次郎の卓の前に座り、たおやかな手つきで酌をする。その仕草がぞくっとするほど色っぽい。

「お役人さまのお名前を、まだ聞いておりませんでしたが」

「ああ」

呑みほした猪口を卓の上において、直次郎はまぶしげにお紺の顔を見た。

「仙波直次郎。南町の同心だ」

「剣の達人なんですね、仙波さまは」

「あ?」

「先ほどの業前、本当におみごとでした」

「いや、なに、若いころ心抜流の居合をやっていたんでな」

柄にもなく直次郎は照れたが、内心はまんざらでもなかった。

「おまえも一杯どうだ?」

「遠慮なく、ちょうだいいたします」

猪口を受け取って直次郎の酌を受けると、お紺はそれを一気にあおった。

「ほう、おまえさん、女っぷりもいいが、呑みっぷりもいいな」

「恐れ入ります」

お紺が艶然（えんぜん）と微笑（わら）った。目元がほんのり桜色に染まっている。指先で猪口のふちに付いた口紅をキュッとぬぐい、

「ご返杯」

と直次郎に差し返す。そうやって差しつ差されつしているうちに、二本の徳利がまたたく間に空（から）になり、さらに二本を追加した。

いつになく酒が進んだ。注文もしないのに、あるじの与兵衛が次々に酒を運んでくる。

「与兵衛さん」

お紺が目顔で制すると、与兵衛は、

（かまわないから、どんどん呑ませてやってくれ）

といわんばかりの顔であごをしゃくり板場に去った。

さすがに直次郎は酔った。気がつくと、卓の上には空になった徳利が七、八本

林立(りんりつ)していた。小座敷にいた二人のお店者の姿はすでに消えていて、客は直次郎ひとりになっていた。

「いやァ、すっかり長っ尻(ちり)をしちまって」

つぶやきながら、直次郎はふらりと立ち上がり、

「勘定をしてもらおうか」

というと、お紺が手を振って「結構です」という。

「そうはいかねえ。いくらだい？」

「本当に結構です。仙波さまに助けていただいたほんのお礼のしるしです。どうぞ、ご心配なく」

お紺があまりにもかたくなに拒(こば)むので、さすがの直次郎も根負けして、

「わかった。じゃ、今夜のところはゴチになろう」

「お近くまできたら、またお立ち寄りくださいまし」

「ああ、またくる」

「お気をつけて」

お紺が直次郎を送り出してもどってくると、それを待っていたかのように、板場から与兵衛が出てきて、表の軒行灯の灯(ひ)を消し、ぴしゃりと戸を閉めた。

「あら、もう仕舞いですか」

お紺がけげんそうに訊く。

「はい」

あわただしく卓の上の徳利や皿小鉢を片付けながら、与兵衛が声を落としていった。

「今夜を逃したら、やつを討つ機会はとうぶんめぐってきませんので」

お紺の顔に緊張が奔った。

「それじゃ」

「今夜、殺ります」

与兵衛が決然といった。眼窩の内のしわのように細い目が、殺気をおびてギラギラと光っている。つい先ほどの愛想のいい小料理屋のあるじの顔から一変して、別人のように凄味のある顔になっていた。さらに与兵衛の口から意外な言葉が発せられた。

「店の片付けは手前がやります。お嬢さまはお先にお帰りくださいまし」

なんと下働きのお紺を「お嬢さま」と呼んだのである。その一言で二人が主従関係にあることは明らかだった。

お紺は無言のまま、悲壮な眼差しで与兵衛の顔を凝視している。

4

日本橋石町の時の鐘が四ツ（午後十時）を告げはじめたとき……。

堀江町二丁目の路地の奥から、一人の武士が足早に出てきた。四十なかばのやや小肥りの武士で、名は倉田彦八郎。幕府の御普請改役をつとめる役人である。

路地を出たところで、倉田はふと足をとめて背後を振り返り、未練がましく路地の奥に目をやった。闇の奥に小さな家が建っている。一年ほど前から、倉田はその家にお甲という茶屋女を囲っていた。

女を囲うといえば聞こえがいいが、百俵高七人扶持の倉田の薄禄では、とてもお甲の暮らしまでは面倒見きれないので、貸家の家賃とわずかな手当てだけを与え、従前どおりお甲には茶屋づとめをつづけさせていた。したがって、倉田がお甲の家に通えるのは、十日に一度のお甲の休みのときだけなのである。

お甲は義理にも美人といえるような女ではなかった。若さだけが取り柄の女である。倉田より二まわり年下の二十一歳で、茶屋の女にしては肌に艶（つや）があり、はちきれんばかりの肉体（からだ）をしていた。倉田はその若い肉体にのめり込んだのである。

「ふっふふふ」

歩きながら、倉田は思わずふくみ笑いを洩（も）らした。お甲の白い豊満な肉体が脳裏に去来する。そのたびに股間が熱くなった。

うしろ髪を引かれる思いで、倉田は家路を急いだ。

伊勢（いせ）堀に架かる道浄（どうじょう）橋の北詰にさしかかったところで、倉田はふと足をとめた。

背後にひたひたと足音が迫ってくる。振り返ってみると、濃紺の半纏（はんてん）に黒のどんぶり掛け、水色の股引きをはいた初老の男が足早にこちらに向かってやってくる。

小料理屋『笹ノ屋』のあるじ・与兵衛だった。

「わしに何か用か」

倉田が低く問いかけた。与兵衛は無言。背を丸めて小走りに駆け寄ってくる。

佇立（ちょりつ）したまま不審げに見ていると、駆け寄ってきた与兵衛が、すれちがいざまにふところから匕首を引き抜き、体ごと倉田にぶつかってきた。

ズンと肉をつらぬく鈍い音がして、倉田の左脇腹に深々と匕首が埋まった。かわす間もない速さであり、勢いだった。

「き、貴様！」

叫びながら、与兵衛の体を突き離し、間髪を容れず、袈裟がけの一太刀をあびせた。切っ先が与兵衛の首すじを薙いだ。

切り裂かれた首の血管から音を立てて血が噴き出る。

与兵衛は、上体を大きくのけぞらせて五、六歩後ずさり、川っぷちから伊勢堀に仰向けに転落していった。ざぶんと水音が立つ。

「お、おのれ」

うめきながら、倉田はぐらりと片膝をついた。左脇腹からおびただしい血が流れ出ている。両手で必死に傷口を押さえたが、噴き出す血の勢いは止まらない。

みるみる倉田の顔から血の気が失せていった。

「む、無念」

しぼり出すような声でそういうと、倉田は前のめりに倒れ伏した。

その場から二間（約三・六メートル）ほど先の伊勢堀の水面に、ぽっかりと与兵衛の死骸が浮かびあがり、やがてゆっくりと川下に流されていった。

灰色の分厚い雲が垂れ下がり、南から湿気をふくんだ風が吹き込んでいる。

晩秋のこの時季にしては、妙に生暖かい朝であった。

仙波直次郎は、出仕の身支度をととのえて居間に向かった。すでに朝餉（あさげ）の膳がしつらえてあり、その前に妻の菊乃（きくの）が端座していた。

菊乃は、直次郎より五ツ下の二十六歳。楚々（そそ）とした色白の美人である。結婚して八年になるが、菊乃が病弱なために子はいない。八丁堀の同心組屋敷で夫婦ふたり暮らしをしている。

「おはようございます」

「おはよう」

挨拶を返して、直次郎は膳の前にどかりと腰をすえた。

「昨夜は、だいぶきこしめしたようですね」

「うむ。役所の会合があってな」

「雷のようないびきをかいていました」

そういって、菊乃は屈託なく笑った。

「そうか。そいつはすまなかったな」

「体に障りますから、お酒は控えめにしたほうがよろしいですよ」

「それより、おまえのほうはどうなんだ。具合はいいのか？」

「ええ、おかげさまで」

菊乃は心ノ臓に持病をかかえている。病名は「心ノ癪」、現代でいう心筋梗塞である。

この病に効能があるとされているのが、日本橋萬町の薬種問屋『井筒屋』家伝の「浄心散」であった。十包で一分（四分の一両）もする高価な薬だが、それを服用すると「心ノ癪」は、たちどころにやわらいだ。

菊乃は、まさにその薬で命をつないでいるのである。

「薬はまだあるのか」

「ええ、あと五日分ほどは」

「そろそろ買い足しておかねばならんな」

「無理をなさらなくてもいいんですよ。月々のお薬代も馬鹿になりませんからね」

「金のことなら心配いらんさ。おれのような小役人にも、それ相応に役得ってもんがあるからな」

もちろん、これは菊乃を安心させるための方便である。

「両御組姓名掛」という閑職に役得などあるわけはない。菊乃の薬代は、もっぱら〝裏稼業〟の仕事料でまかなっているのだ。

朝食を食べおえると、直次郎は大小を腰に差し、菊乃に見送られて組屋敷を出た。

町方同心の出仕時刻は、辰ノ刻（午前八時）である。八丁堀の組屋敷から数寄屋橋の南町奉行所までは、ゆっくり歩いても四半刻（約三十分）とかからない距離であった。

直次郎は八丁堀川（桜川）の北岸の道を西をさして歩いていた。

生暖かい南風が吹きぬけ、黒雲が急速に流れてゆく。

（ひと雨きそうだな）

と思ったとたん、パラパラと大粒の雨が落ちてきた。

「いけねえ」

直次郎は、あわてて近くの商家の軒下に駆け込んだ。同時にザーッと音を立てて、篠つくような雨が降ってきた。軒庇から滝のように雨が流れ落ちてくる。

悪いことに風も強まってきた。横なぐりの雨が容赦なく吹き込んでくる。

（ちっ）

と舌打ちしながら、濡れた着物の裾をたくしあげ、両手でギュッとしぼって帯にはさんだ。毛むくじゃらの両脚がむき出しになっている。われながら情けない恰好だったが、このさい見栄も体裁もない。一張羅の着物を濡らさぬことが第一なのだ。

雨は一向にやむ気配がなかった。

「やれやれ、このぶんじゃ遅刻だな」

つぶやきながら、黒雲におおわれた空をうらめしげに見上げていると、

「旦那」

ふいに背後で、女の声がした。驚いて振り返ると、商家の連子窓の隙間から、若い女が顔をのぞかせていた。女髪結いの小夜である。

「小夜か。そんなところで何してるんだ？」

「ここのおかみさんの髪を結いにきたんですよ。仕事をおえて帰ろうとしたら、急に雨が降ってきたんで、雨宿りをさせてもらってるんです。そこじゃ濡れるから、旦那も中に入りませんか」

「そりゃありがてえが、勝手に上がり込むわけにはいかねえだろう」

「おかみさんに断っておきますよ。左横の勝手口から入ってくださいな」

「わかった」

直次郎は、家のわきの路地に駆け込み、勝手口から中に飛び込んだ。三和土（たたき）に立って着物の雨滴（あめしだり）を払っていると、奥から小夜が出てきて、

「こっち、こっち」

と手招きしながら、廊下の奥の小部屋に案内した。六畳ほどの板敷きの部屋である。納戸代わりに使っているらしく、雑然と物が散乱している。

「それにしても、ひどい降りだな」

「とうぶん、やみそうにもないわね」

小夜が急須の茶を湯呑みについで差し出した。

「ところで、小夜」

茶をずっとすすりながら、直次郎が声をひそめていった。

「仕事のほうはどうなんだ？」

「この半月あまり、さっぱり。だから、こうして本業に精を出してるんですよ」

小夜はいたずらっぽく笑った。歳は二十一だが、笑った顔は童女のように邪気

がない。実は、この女も直次郎の〝闇の仕事〟仲間なのである。

「旦那のほうはどうなんですか」

「ご同様さ。おかげでふところが寒くていけねえ」

小夜の顔からふっと笑みが消えた。

「ひょっとしたら、近々、仕事が入るかもよ」

「半の字から何か連絡があったのか」

「ううん。あたしの勘」

「なんだ。ただの当てずっぽうか」

直次郎は苦笑したが、小夜は大真面目である。

「ゆうべ、うちの近くで妙な事件があったんです」

「妙な事件？」

「公儀の普請方のお役人が殺されたんだって。道浄橋のたもとで」

小夜は、道浄橋からほど近い瀬戸物町の貸家に住んでいる。近所のかみさんの話によると、今朝はやく、公儀の目付衆が現場に駆けつけてきて、現場付近を探索したところ、伊勢堀の下流の荒布橋の下で、さらにもう一人の男の斬殺死体が見つかったという。

「何者なんだ？　その男は」

　直次郎がけげんそうに訊き返した。

「五十がらみの職人ふうの男だって。お役人の死体のそばに血のついた匕首が落ちていたから、たぶんその男がお役人を刺したんじゃないかって」

「なるほど」

　直次郎が険しい顔でうなずいた。

「確かに妙な事件だ。何か裏があるかもしれねえな」

「でしょ？　ひょっとしたら半次郎さんがもう動き出してるかもしれないわ」

「その男の身元はまだわからねえのか」

「目下、お目付衆が調べてるところだって」

「ふーん」

「あら」

　と小夜が外に目をやった。いつの間にか雨がやんで、連子窓の隙間から薄陽が差している。

「雨がやんだわ。さァ、仕事、仕事」

　部屋のすみにおいてあった大きな台箱をかついで、小夜がいそいそと立ち上がった。箱の中には鬢盥や梳き具などが入っている。

「おかげで助かったぜ。ここの内儀によろしくいっといてくれ」

いいおいて、直次郎は先に部屋を出ていった。

5

その日の午後——。

本所竪川の掘割通りを、物々しい一団が駆け抜けていった。北町奉行所定町廻り同心・佐川陽之介、井沢欣次郎、大島清五郎の三人と捕物支度に身をかため、六尺棒や刺股、袖搦みをたずさえた捕方八人である。

時ならぬ捕物出役の出現に、往来の人々があわてて左右に道を開けた。

一団は、二ツ目橋の北詰で足をとめて、二手に分かれた。佐川がひきいる捕方四人は、一ツ目通りを北上して右に曲がり、井沢と大島がひきいる捕方四人は、そのまま掘割通りを東へまっすぐ進み、半丁（約五十四メートル）ほどいったところを左に曲がった。

相生町五丁目の裏路地である。その路地の東はずれに一軒家が建っていた。黒板塀をめぐらした切妻造りの瀟洒な平屋である。

佐川隊が表にまわり、井沢・大島隊が裏にまわって、家の周囲を取り囲む。

ころあいを見計らって、佐川が朱房の指揮十手を振り上げた。それを合図に四人の捕方が玄関と表庭から屋内に突入する。

「ち、ちくしょうッ！」

家の中から男のわめき声がひびき、裏窓を蹴破る音がした。

裏庭に飛び出してきたのは、三十二、三の小柄な男——猫目の源蔵の手下・為吉だった。クルッと一回転して立ち上がり、裏木戸に走ろうとした瞬間、為吉は「あっ」と息を呑んで立ちすくんだ。

木戸口に、抜刀した井沢と大島が立ちはだかっている。

「為吉、もう逃げられんぞ。神妙に縛につけ！」

井沢が怒声を発して刀を振り上げた。

ちなみに、町方同心が捕物出役に向かう場合、かならず奉行所に備えてある刃をつぶした刀、いわゆる「刃引き」の刀を持ってゆくのが決まりになっていた。犯罪者を傷つけずに手捕りにするためである。

井沢や大島が持っているのも、その「刃引き」の刀であった。

「くそッ」

吐き棄てるなり、為吉は隠し持った匕首を振りかざし、井沢と大島に向かって死に物狂いで斬りかかっていった。

キーン。

大島が刃引きの刀で匕首をはね上げた。

すかさず井沢が為吉の肩口に刀を叩きつける。たまらず為吉は前のめりに崩れ落ちた。

大島が取り縄を引きぬいて躍りかかろうとすると、為吉はいきなり匕首でおのれの首を突き刺した。大島は思わず「あっ」と息を呑んだ。為吉は口から血へどを吐いてこと切れている。まさに一瞬の出来事だった。

佐川が駆けつけてきた。

「殺したのか！」

「いや、自分で刺したのだ」

応えたのは、大島である。

「みずから口を緘したか」

血まみれで倒れている為吉を、佐川は茫然と見下ろした。この男を手捕りにして口を割らせれば、ほかの三人の仲間も芋(いも)づる式に捕縛することができる、と踏んでいた佐川のもくろみは、この瞬間についえたのである。

「戸板を持ってきてくれ」

佐川が捕方の一人に命じた。

ほどなく戸板と荒筵(あらむしろ)が運び込まれ、捕方が四人がかりで為吉の死骸を戸板にのせて、裏木戸から運び出した。木戸の表は、騒ぎを聞きつけて集まった野次馬(やじうま)で埋めつくされていた。文字どおり黒山の人だかりである。

「どけ、どけ」

「道を開けろ」

井沢と大島が大声を張りあげて、野次馬の群れを追い散らす。そのあとを佐川に先導された捕方たちが、為吉の死骸をのせた戸板をかついで出てきた。

「死人が出たのか」

「夜盗の一味だってよ」

「役人に斬られたのか」

「いや、自害したそうだぜ」

野次馬たちがひそひそと言葉を交わし合っている。そんなやりとりに耳をかたむけながら、何食わぬ顔で人垣の輪からこっそりと立ち去ってゆく男がいた。歳は三十六、七。肩の肉がこんもりと盛り上がった猪首の男である。

路地をぬけて竪川の掘割通りに出たところで、男は急に足を速め、小走りに二ツ目橋をわたっていった。

二ツ目橋から南をさして、ほぼ一直線に道がのびている。この道をしばらくいくと、小名木川にぶつかる。川の手前に、揚屋や茶屋、居酒屋、小料理屋などが軒をつらねる猥雑な町があった。深川常磐町である。この町は深川七場所の一つに数えられ、遊冶郎たちのひそかな穴場になっていた。

男は、常磐町の入り組んだ路地を右に左に曲がりながら、とある家に入っていった。周囲に柴垣をめぐらした妾宅ふうの小粋な仕舞屋である。男が格子戸を引き開けて、

「おかしら」

と中に声をかけると、奥から焦茶の紬を着流しにした四十年配の男が、うっそりと姿をあらわした。やや頭髪が薄く、色の浅黒い凶悍な面貌の男である。

「長次か、どないした？」

男は上方弁を使った。じつはこの男が、江戸を騒がせている夜盗の首領・猫目

の源蔵なのである。三和土に立っている猪首の男は、源蔵の手下の長次である。

「為吉の家に役人の手が入りやした」

「なんやて！」

源蔵が瞠目し、急き込むように訊いた。

「で、捕まったんか、為吉は」

「いえ、その前に匕首で喉を突いて自害しやした」

一瞬、源蔵は絶句したが、すぐ気を取り直して、

「勘助には知らせたんか」

「いえ、まだ――」

「すぐに知らせておけ」

「へい」

「とうぶん、おめえたちは顔を合わせんほうがええやろ。ほとぼりが冷めるまで、死んだふりを決め込むんや」

「承知しやした」

ひらりと背を返して、長次は立ち去った。それを見送ると、源蔵は苛立たしげに足を踏み鳴らして、奥の居間にもどった。

「何かあったんですか」

声とともに、寝間の襖がからりと開いて、長襦袢姿の女がしどけなく出てきた。源蔵の情婦・おもとである。

「ちょっと急用ができてな。黒江町まで行ってくる」

「夕飯はどうします」

「いらん。遅うなるかもしれへんから、おまえは先に寝んでなさい」

「わかりました。お気をつけて」

羽織をまとって出てゆく源蔵を物憂げに見送ると、おもとはふたたび寝間にもどって布団にもぐり込んだ。

この女は、源蔵が盗賊一味の首領であることを知らない。つい一月ほど前まで、常磐町三丁目の居酒屋で酌婦をしていた女である。その店に客としてあらわれた源蔵に、

「どや、月三両の手当てでわしの女にならんか」

と口説かれて、二つ返事で承諾したのである。三両の金は、おもとの半年分の給金に相当する。こんなうまい話を断る手はなかった。

おもとは、源蔵を「羽振りのいい上方商人」ぐらいにしか思っていない。あえ

て源蔵の素性を訊こうともしなかったし、知りたいとも思わなかった。とにかく月々三両の手当てさえもらえば、それでいいのである。余計な詮索はいっさいしない源蔵にとっても、おもとは都合のいい女だった。さして美人ではないが、白いふっくらとした顔立ちと肉体も源蔵好みだった。

そして何よりも、おもととの同居生活は、世間の目をあざむくための恰好の隠れ蓑になった。実際、おもとと暮らすようになってから、町の人々から親しげに声をかけられるようになったし、自身番屋の番太とも気安く挨拶をかわす仲になっていた。

そんな矢先に、為吉の家に探索の手が入ったのである。源蔵にとっては、まさに青天の霹靂だった。

「為吉さんが自害なすった?」

眉をひそめて源蔵を見返したのは、深川黒江町で普請請負業をいとなんでいる上総屋傳兵衛である。歳は源蔵より二つ下だが、脂ぎった赤ら顔とでっぷり肥った体軀が、年齢以上の貫禄を見せている。

「わしらをかばうために、やつは自分で命を絶ったんや」

源蔵が盃をかたむけながら、沈痛な面持ちでいった。場所は門前仲町の料亭『磯松』の二階座敷である。

「それにしても、いきなり役人に踏み込まれるとは、どうしたわけですかねえ」

傳兵衛の口から深い吐息が洩れた。源蔵が苦い顔で首をふる。

「わしにもようわからんのや。為吉は用心深い男やったし、足がつくようなヘマをやらかしたとも思えんしな」

「源蔵さん」

傳兵衛が源蔵の盃に酒を注ぎながら、険しい表情で、

「そろそろ、このへんが潮時かもしれませんよ」

「潮時？」

「南町から北町に月番が代わって、市中の見廻りや探索が一段ときびしくなったそうです。為吉さんはその網に引っかかったのかもしれません」

「江戸をずらかれというのか」

「北町には腕利きの町方がそろってます。為吉さんの二の舞にならぬうちに姿を消したほうが身のためではないかと」

「ところが、そうはいかへんのや」

「何か、やめられないわけでも？」

「わしかて、もう歳やしな。江戸でひと稼ぎしたら、大坂にもどって商いでもしようかと思っとるんや」

「商い、といいますと？」

「掛(かけ)屋や」

掛屋とは、諸藩の公金出納(すいとう)を代行する金融業のことをいう。

大坂の中之島(なかのしま)や堂島(どうじま)、天満(てんま)には、諸藩の蔵屋敷が集中しており、そこに集まる全国の産物を諸藩に代わって販売し、その売り上げ代金から手数料をとるのが掛屋の商いである。また財政の逼迫(ひっぱく)した藩には、売り上げ代金の前払いという形で金を貸し付け、巨額の利子もとっていた。物流と金融をかねた、江戸でいう「札差(ふださし)」のような商いである。

掛屋の営業権、すなわち「仲間株」を手に入れるためには、少なくとも四千両が必要なのだが、これまでに源蔵が稼いだ金は三千両足らずだった。

「そやさかい、どないしてもあと千両は稼がなあかんのや」

「なるほど」

傳兵衛の顔にふっと笑みがこぼれた。この男も、かつては源蔵と一緒に盗み働きをしていた。本名は伝次という。

「源蔵さんもやっと足を洗う気になりましたか」

「お前はんには十年ばかり後れをとったが、この歳になって、わしもつくづく畳の上で死にとうなったんや」

源蔵と伝次は、上州吾妻郡岩井村の百姓の出である。二人は幼いころからの遊び友だちで、村一番の悪童だった源蔵は、二つ年下の伝次を実の弟のように可愛がり、伝次のほうも源蔵を兄のように慕っていた。

十九のときに、二人は郷里を棄てて出奔、中山道や奥州街道を股にかけて盗っ人行脚をつづけ、やがて関東一円にその名をとどろかせるようになった。

――猫目の源蔵。

闇夜でも目が利くところから、源蔵はそう呼ばれ、赤ら顔で体の大きい伝次は、

――赤牛の伝次。

の異名をとって、盗っ人仲間から一目おかれる存在になっていた。

ところが十年前、伝次は突然盗っ人稼業から足を洗い、それまで稼いだ金を元

手に江戸で普請請負業をはじめ、名を傳兵衛と改めたのである。

当初、五人の寄子(常雇いの人足)ではじめた商売は、その後順調に業績を伸ばし、いまでは寄子四十人をかかえる江戸でも有数の請負業者にのし上がっていた。

源蔵とは七年ぶりの再会で、一味四人の隠れ家の手配や、押し入り先の情報を提供してくれたのも、この傳兵衛だった。

「それで——」

呑みかけの盃を膳の上において、傳兵衛がさぐるような目で源蔵を見た。

「手前に相談とは?」

「お前はんは顔が広い。町方に一人や二人手づるがあるやろ」

「手づる?」

「わしらの仕事がしやすくなるよう、あんじょう手くばりしてくれる人物や」

「あいにく、町奉行所に手づるはありませんが——」

傳兵衛は宙に目を据えて、ちょっと思案したのち、

「わかりました。一度、『木挽町の御前』に相談してみましょう」

「木挽町の御前?」

「手前が懇意にしている大身のお旗本ですよ。きっと力になってくれると思います」

そういって、傳兵衛はにやりと嗤った。

第二章　同心殺し

1

「お紺、か――」

歩きながら、仙波直次郎はぽつりとつぶやいた。

奉行所の帰りである。夕闇に沈んでゆく町並みを、ぼんやりながめながら歩いているうちに、何の脈絡もなく、まったく唐突にお紺の白い顔が脳裏に浮かんだのである。

お紺に会ったのは、つい三日前の晩である。なのに、なぜか遠い昔の出来事のように思えた。妙になつかしい気がする。

抜けるように白い肌、たおやかな柳腰、鼻筋の通った細面、黒い大きな眸、花びらのような紅い唇。……浮世絵から抜け出してきたような、あでやかなお紺の姿が、夢まぼろしのごとく瞼の奥に去来する。

わけもなく、直次郎の胸が騒いだ。無性にお紺に会いたくなった。なぜそんな気持ちになったのか、自分でもよくわからない。

気がつくと、直次郎は浜町河岸を歩いていた。時刻は六ツ（午後六時）を少しまわっている。すでに灯ともしごろになっていた。

橘町一丁目の路地角にさしかかったところで、直次郎は、

（おや？）

と足をとめて前方に目をやった。『笹ノ屋』の軒行灯に灯が入っていない。暖簾も出ていないし、店の中も薄暗く、客がいる気配がなかった。

けげんに思いながら店先に歩み寄ると、格子戸に、

〈都合により、しばらく休ませていただきます〉

と記された紙が貼られてあった。

「休みか」

やや落胆しながら、直次郎は格子戸をわずかに引いて、中をのぞき込んだ。

店の奥に掛け燭のほの暗い明かりがにじんでいる。目をこらして見ると、お紺がひとり卓の前でぼんやり猪口をかたむけていた。

「なんだ、いたのか」

格子戸をがらりと引き開けて、中に足を踏み入れると、

「仙波さま」

お紺がびっくりしたように振り返った。

「近くを通りかかったんでな。ちょっと寄らせてもらった」

「先日はどうも。どうぞ、お入りくださいまし」

「貼り紙を見たぜ。しばらく休むそうだな」

「ええ」

「主人はどうしたい？」

「体の具合が悪いので、しばらく休みたいと――」

戸惑うようにお紺が応えた。

「そうか」

直次郎は、先夜、伊勢堀の道浄橋ちかくで、幕府普請方・倉田彦八郎と刺し違えて死んだ男が、この店のあるじ・与兵衛であることを知るよしもなかった。

「店が休みなのに、おまえさん、なぜここにいるんだい？」

「なんだか急に寂しくなってしまいましてね」

お紺がうつろに微笑(わら)った。

「お酒が呑みたくなったんです。よろしかったら、仙波さまも一杯いかがですか？」

直次郎も笑みを返して、お紺のかたわらに腰を下ろした。

「せっかくだから、ゴチになるか」

「仙波さまは、南の御番所でどんなお役職を？」

酌をしながら、お紺がさりげなく訊いた。

「去年の暮れまでは定町廻(じようまちまわ)りをつとめていたんだが、お奉行が代わったとたんお役替えになってな。いまは冷(ひ)や飯(めし)を食わされている」

「そうですか」

「おまえさんは、いつごろからこの店につとめてるんだ？」

「今年の春からです」

「その前は」

「母親の小間物屋を手伝っていました」

「五年前に父親を亡くしてから、母と二人で小さな店を切り盛りしながら暮らしていたんです。──でも」

と言葉を切って、お紺は悲しげに目を伏せた。長い睫毛がかすかに震えている。

「その母も肝ノ臓をわずらって、三月前に亡くなりました」

「それは気の毒に」

「………」

お紺は無言。自分の猪口に酒をついで、あおるように呑みほした。

「おまえさん、所帯を持つ気はねえのかい」

直次郎が気を取り直すように訊くと、お紺はふっと笑って、

「わたしにその気があっても、相手がいないことには──」

「おまえさんほどのべっぴんなら、もらい手はいくらでもいるはずだ。高望みをしてるんじゃねえのか」

「そう見えますか」

お紺が心外そうに見返した。黒い大きな眸がまっすぐ直次郎を射すくめてい

る。直次郎はどぎまぎしながら、

「い、いや、べつに、その、悪気があっていったわけじゃねえんだ。気に障ったら勘弁してくれ」

「ふふふ、仙波さまっていい人なんですねえ」

「見かけほど悪じゃねえさ」

直次郎が照れるようにいった。

「ねえ、仙波さま」

ふいに、お紺が直次郎の肩にしなだれかかってきた。

熱い吐息が直次郎の耳朶に吹きかかった。お紺の白い胸元から甘酸っぱい匂いがただよってくる。むせるような女の色香に、直次郎は思わずぞくっと身ぶるいした。

「ついでくださる？」

お紺が甘えるように猪口を差し出した。目のふちが紅をさしたように赤い。

「もう、だいぶ呑んでるんじゃねえのかい」

「今夜はとことん酔いたいんですよ。付き合ってくださいな」

「わかった。わかった」

直次郎が酒をつぐ。猪口になみなみとつがれた酒を一気に呑みほすと、お紺は直次郎の胸に顔をうずめ、放胆(ほうたん)にも右手を直次郎の股間に差し入れて、太股(ふともも)のあたりをゆっくり撫(な)ではじめた。さすがに直次郎は狼狽(ろうばい)して、その手を押さえた。

「お、おい、何の真似だ、それは」

「わたしのことが嫌いですか」

すくい上げるような目で、お紺がいった。

「き、嫌いじゃねえが、だ、出しぬけにそういわれても――」

しどろもどろの直次郎に、

「わたしは好きです。仙波さまが」

「あ、あのな」

直次郎の目が泳いだ。うれしいような困ったような顔である。

「抱いてください」

お紺が、いきなり両腕を直次郎の首にまわして、しがみついてきた。

「お、お紺――」

直次郎の身のうちで何かがはじけた。お紺の顔を両手ではさみこみ、むさぼるように口を吸った。甘い香りが口中にひろがる。舌と舌がねっとりからみ合う。

口を吸いながら、片手をお紺の胸元にすべり込ませた。

手のひらに乳房の温もりが伝わってくる。やわらかく弾力のある乳房だ。やさしくそれを揉みしだきながら、指先で乳首を愛撫する。たちまち固くなった。

「あ、ああ」

絶え入るような声が、お紺の口から洩れた。

直次郎は唇を重ねたまま、もどかしげに帯を解いた。お紺の肩からはらりと着物がすべり落ちて、上半身があらわになった。透きとおるように白く、きめのこまかいつややかな肌である。両の乳房がたわわに揺れている。

直次郎の全身に熱い血が駆けめぐった。

お紺の体を卓の上に押し倒して、一気に着物を引き剝いだ。白磁のようにつややかな裸身が、直次郎の目に惜しげもなくさらされる。

豊満な乳房、くびれた腰、肉おきのよい太股、しなやかな脚。股間に茂る一叢の秘毛。息を吞むほど美しい裸身である。

直次郎は身を屈して、お紺の乳房を口にふくんだ。舌先で乳首を愛撫する。

「あーっ」

と喜悦の声を発して、お紺がのけぞった。上体が弓のようにそり返る。

直次郎の手が下腹にのびた。指先が秘毛の茂みをかき分けて、はざまに触れる。お紺の体がぴくんと反応した。指先が肉の突起に触れたのである。切れ込みに指を入れた。

そこは、もうしとどに濡れそぼり、肉襞がひくひくと脈打っている。

「せ、仙波さま」

口走りながら、お紺が手をのばして、着物の上から直次郎の一物(いちもつ)をつかんだ。石のように固く硬直している。

「は、はやく、これを――」

お紺がせがむようにいう。

「わかった」

体を離すなり、直次郎はもどかしげに着物を脱いだ。三十一歳とは思えぬほど若々しくたくましい体である。下帯をはずし、全裸になる。股間の一物が隆々とそり返っている。

お紺の両足首をつかんで、高々と持ちあげた。しなやかな両脚が大きく広げられ、股間があらわになった。秘毛の奥の薄桃色の切れ込みがぬれぬれと光っている。犯しがたいほどきれいな秘所だ。

直次郎は怒張した一物を指でつまむと、先端をその部分にあてがい、切れ込みにそって二、三度上下に撫でつけながら、じれったいほどの緩慢さでそれを挿入した。

「あっ」

お紺が小さく叫んだ。一物が根元まで埋没した。肉襞の緊迫感を味わうようにゆっくり出し入れする。直次郎の腰の動きに合わせて、お紺も尻を振った。一物をつつみ込んだ肉襞が絶妙の収縮をくり返す。二人の腰の動きがしだいに激しくなる。体の深部から峻烈な快感がこみあげてきた。

「あっ、あ、あ——」

のけぞりながら、お紺があえぐ。直次郎の息づかいも荒い。めくるめく官能の波が怒濤のごとく激しく押し寄せては引き、引いてはまた押し寄せてくる。

「あ、だめ。いきます！」

お紺があられもなく叫び、白目をむいて昇りつめてゆく。尻の肉がひくひくと痙攣している。ほぼ同時に、直次郎も極限に達していた。

「お、おれも、果てる」

炸裂寸前に引き抜いた。一物の先端から白い淫液がすごい勢いで放射され、お紺の腹の上に泡沫となって飛び散った。

お紺は卓の上に仰臥したまま、ぐったりと弛緩している。

「ふっふふ……」

着物を着ながら、お紺がふくみ笑いを洩らした。直次郎はすでに着物を身につけ、猪口に残った酒をなめるように呑んでいる。

「何がおかしい？」

「ううん」

と、お紺がかぶりを振って、

「ひさしぶりに、いい思いをさせてもらったので、つい——」

鬢のほつれ毛をかきあげながら、しんなりと直次郎の肩にもたれかかった。情事の余韻が残っているのだろう。着物の上からも体の火照りが伝わってくる。

「そいつは、お互いさまさ」

直次郎も充足の笑みを浮かべた。

「おれのほうこそ、いい思いをさせてもらった。天にも昇るような心地だったぜ」

「ねえ、仙波さま」

お紺が直次郎の指に小指をからめながら、耳もとでささやくようにいった。

「後生一生のお願いがあるんですけど」

「願い？」

「聞いてくれますか？」

「どんなことだ」

「人をひとり、殺してもらいたいんです」

「は⁉」

直次郎の顔が硬直した。一瞬、わが耳を疑った。

「人を殺せだと？」

「…………」

お紺が無言でうなずいた。たったいま直次郎の腕の中で狂悶していたお紺とは、別人のように表情のない冷ややかな顔である。

「相手は誰なんだ？」

一拍の沈黙のあと、直次郎が探るような目で訊いた。

「その前に、仙波さまの返事を聞かせてください」

「返事、といわれても――」

直次郎はいいよどんだ。明らかに困惑の表情である。

「おれは、町方の役人なんだぜ。どんな事情（わけ）があるのかしらねえが、人殺しなんて」

「できませんか」

「すぐに返事をしろってほうが無理だぜ。人を殺すにはそれなりの覚悟がいるからな」

「じゃ、この話はなかったことにしましょう」

そっけなくいって、お紺が立ち上がった。

「お紺」

呼びとめる直次郎に背を向けて、お紺は板場に入り、徳利（とっくり）に酒をついで持ってきた。

「さ、呑み直しましょう」

直次郎がまだ釈然（しゃくぜん）とせぬ顔で、訊き返した。

「しかし、なんでおれにそんなことを？」

「もういいんです。いまの話は忘れてください」

ぎこちない作り笑いを浮かべて、お紺が酒をついだ。直次郎は黙ってそれを受けた。

2

浜町堀の下流の入江橋から西にそそぎ込む入り堀がある。

その入り堀の北岸を、俗に「竃河岸」といった。河岸の近辺に竃を造る職人が多く住んでいたので、この俚俗名がついたという。

また、近くに陰間茶屋があったところから、こんな破礼句も詠まれた。

〈いい釜は竃河岸の近くなり〉

釜とは、いうまでもなく男娼の隠語である。

「旦那、遊んでいかない？」

暗がりから、ふいに野太い声をかけられて、直次郎は足をとめた。

櫟の大木の下に、顔を真っ白に塗りたくり、派手な着物をまとった女、いや、一見して陰間（男娼）とわかる女装の男がうっそりと立っていた。

「手めえ、誰に声をかけてやがるんだ！」

直次郎が一喝(いっかつ)すると、陰間は仰天して一目散(いちもくさん)に走り去った。

「ちッ」

と舌打ちすると、直次郎は寒そうに肩をすぼめて歩き出した。

心なしか足取りが重い。お紺から「殺し」を依頼されたことが、直次郎の気を滅入(めい)らせていた。酔いもすっかり醒(さ)めて、なんとなく白々(しらじら)しい気分になっている。

（ひょっとしたら、あれは工(たく)まれたことかもしれねえ）

直次郎の脳裏に、ふっと一抹(いちまつ)の疑念がよぎった。

考えてみれば、三日前に出会ったばかりの女が——それもめったにお目にかかれぬようなとびきりの美女が——みずから「抱いてください」と迫ってくるのもできすぎた話だし、抱かれた直後に、いきなり「殺し」を持ちかけてくるというのも卦体(けたい)な話ではないか。

（何か裏があるにちがいねえ）

長年、定町廻りをつとめてきた直次郎の直観である。いずれにしても、

（あの女には、もう近づかねえほうがいいだろう）

お紺への未練を断ち切るように、直次郎は自戒(じかい)の念をこめて腹の底でつぶやい

た。君子あやうきに近寄らず、である。

竈河岸を西に向かってしばらく行くと、東堀留川にぶつかる。

直次郎は、川ぞいの道を左に曲がり、下流の思案橋をわたった。

この橋は、東堀留川と箱崎川の合流点に架かる長さ九間（約十六メートル）、幅四間（約七メートル）の木橋で、物の書には、

『むかし、この地に遊里あり。その頃の遊人、この橋にたたずみ、遊里やよからん、芝居へや行かむ、と思案せしより名付くる由なり』

と記されている。橋の北詰には、堀江町と小網町の二つの町屋がある。

直次郎は小網町のほうに足を向け、半丁ほど行ったところで、ふと足をとめて前方の闇に目をこらした。箱崎川の川岸にへばりつくように掘っ建て小屋が建っている。

小屋の前から丸太組の桟橋が川面に張り出しており、太い杭に一艘の猪牙舟がもやってある。川ぞいの道から、その小屋の前までは石段がつづいている。

小屋の板壁の隙間から、かすかに明かりが洩れていた。

直次郎は、石段をおりて、小屋の戸口に歩み寄り、二、三度板戸を叩いて、

「おい、半の字、おれだ」

と中に低く声をかけた。応答がないまま、板戸がきしみ音を立てて開いた。

板戸のあいだから顔をのぞかせたのは、彫りの深い精悍な面立ちをした二十四、五の若者——裏稼業の元締め・寺沢弥五左衛門の連絡役をしている半次郎である。

「どうぞ」

直次郎を小屋の中に招じ入れると、半次郎はすばやく板戸を閉めた。

中は四坪ほどの土間になっている。入ってすぐ右側に石を積み重ねて造った竈があり、奥には人ひとりが横になれるだけの板敷があった。表向き、半次郎は猪牙舟の船頭という触れ込みで、この小屋で寝起きしているのである。

丸太の柱に下げられた掛け燭が、ほの暗い明かりを散らしている。書き物をしていたらしく、机代わりの木箱の上に書きかけの料紙と筆がおかれてあった。

直次郎は、かたわらの空き樽にどかりと腰をすえると、木箱の上の料紙にちらりと目をやって、

「書き物をしていたのか」

「へい」

竈の上のやかんの湯を急須にそそぎながら、半次郎が、

「何か御用で？」

と訊き返した。顔にも声にもまったく表情がなく、暗い眼差しをしている。

「このところさっぱり声がかからねえんで、どうなってるのかと思ってな」

「仕事ですか」

「ああ、ふところもだいぶ寂しくなったしな」

「あることは、あるんですが、目下、下調べをしてるところなんで——」

「どんな仕事だい？」

「それはちょっと」

と、いいよどむのへ、

「いずれわかるこった。水臭えことをいわずに、さわりだけでも教えてくれ」

直次郎がなおも詰め寄ると、半次郎は困惑げに目を泳がせながら、

「半月前に起きた付け火の一件です」

不承不承、重い口を開き、抑揚のない低い声で、事件の概略を語りはじめた。

それによると、先月十七日の深夜、芝神明の伽羅の油問屋『宇野屋』が火事になり、一人娘のお町と年老いた両親が焼け死んだという。火災現場の検分に当

たった南町奉行所の同心は「失火」と断定したそうだが、近隣の住人のあいだでは、もっぱら、

「付け火にちがいない」

　とのうわさが流れているそうである。

　その根拠は、伽羅の油問屋という商売柄、『宇野屋』一家は日ごろから火の始末には十全に気をくばっていたこと、夜中に娘・お町（まち）の悲鳴を聞いた者がいること、その直後に、裏木戸から一目散に逃げてゆく男を目撃した者がいること。等々である。

「なるほど、その男が『宇野屋』に火をかけたってわけか」

「おそらく」

「で、おめえの調べはどこまで進んでるんだ？」

「あと二、三日で目処（めど）がつくと思いやす」

「そうか、ところで半の字。伊勢堀のちかくで公儀の普請方が殺されたって話は知ってるか」

「へい」

「その事件（やま）は仕事になりそうもねえかい？」

「目付衆が動いているので、いまのところあっしの出番はありやせん」

「そりゃまァそうだな。――次の仕事、楽しみに待ってるぜ」

にやりと笑って、湯呑みに残った茶を一気に飲みほすと、直次郎はゆったりと立ち上がり、「邪魔したな」といって、小屋を出ていった。


降るような星明りの下、仙波直次郎は江戸橋をわたり、楓川の西岸の道を歩いていた。楓川に架かる海賊橋をわたると、八丁堀の組屋敷はもう指呼の間である。

橋の西詰にさしかかったときである。向こうから足早に橋をわたってくる人影を見て、直次郎はふと足をとめた。

「大島さん」

人影は、北町奉行所の定町廻り同心・大島清五郎だった。

「やァ、仙波さん、いまお帰りですか」

「ええ、大島さんはどちらへ?」

「野暮用がありましてね、ちょっと鉄砲洲まで」

「そうですか。お気をつけて」

一礼して立ち去ってゆく直次郎のうしろ姿を見送りながら、

（仙波さんも変わったな）

大島は、しみじみそう思った。定町廻りをつとめていたころの直次郎には、どこか人を寄せつけぬ凜とした貫禄があったし、その風貌にも「切れ者」特有の厳しさがにじみ出ていたが、いまの直次郎には微塵もそれが感じられなかった。

よくいえば物腰の低い小役人、悪くいえば無気力で怠惰な凡夫。――そんな感じである。もっとも、直次郎にかぎらず、南町奉行所の役人は、鳥居耀蔵が奉行の座についてから、総じて「無気力な小役人」に堕している。

一方の北町奉行所は、名奉行のほまれ高い遠山景元を指揮官にいただき、上から下までやる気満々、とりわけ廻り方は市中の犯罪取締まり・摘発に熱い血をたぎらせていた。

しかし、そうした北町の熱気が、廻り方同士の手柄功名争いに拍車をかけ、独断専行の悪しき風潮を生み出していたことも、また事実である。

大島清五郎も、その一人だった。

この日の午後、大島は「ある筋」から、夜盗一味に関する有力な情報を持っているという男を紹介された。名は弥七。素性はいっさい不明だが、「ある筋」の話によると、かなり闇の世界に通暁している男らしい。

今夜五ツ（午後八時）、大島は鉄砲洲稲荷の境内で、その弥七と密会する手はずになっていた。むろん、このことは上役にも朋輩にも打ち明けていない。弥七から得た情報を、おのれ一人の手柄にするつもりだったのである。

大島が鉄砲洲稲荷に着いたのは、石町の鐘がちょうど五ツを告げおえたときだった。

稲荷社の鳥居をくぐって石畳の参道を十間（約十八・一メートル）ばかり行くと、右手に大きな銀杏の老樹が立っていた。大島はその木の前で足をとめて、用心深くあたりに目をくばりながら、

「弥七」

と、低く声をかけてみた。が、……応答がない。

「弥七」

もう一度呼んでみたが、やはり応答がなかった。不審に思いつつ、銀杏の老樹の陰にまわり込んだ瞬間、大島は「あっ」と息を呑んで立ちすくんだ。

木の根方に、もたれるようにして座り込んでいる人影があった。三十五、六の一見してやくざ者とわかる男である。すでに絶命していた。殺されてまだ間がな

いのだろう。男の胸からおびただしい血が噴き出している。

大島は、反射的に刀の柄に手をかけて振り向いた。背中に突き刺さるような殺気を感じたのである。同時に、参道の奥の灌木（かんぼく）がざざっと揺れて、二つの黒影が飛び出してきた。

「な、なにやつ！」

二つの影は、黒布で面をおおった屈強の武士である。

「曲者（くせもの）っ！」

叫びながら、大島が抜刀した。

覆面の二人の武士は物もいわず、猛然（もうぜん）と斬りかかってきた。

刀のかまえ、身のこなし、太刀（たち）ゆきの速さからみて、いずれも並の遣い手ではなかった。かろうじて二人の切っ先をかわすと、大島は身をひるがえして参道に走った。

刹那（せつな）……。

一人の武士が何かを投擲（とうてき）した。キラリと銀光が流れ、次の瞬間、大島の上体がぐらりとゆらいだ。右太股の裏に手裏剣（しゅりけん）が突き刺さっている。その一瞬の隙に、もう一人の武士が大島の前にまわり込み、行く手をふさいだ。

「お、おのれ！」

右脚を引きずりながら、大島が必死に斬りかかる。一人が下から薙ぎあげた。

キーン！

錚然と鋼の音がひびき、両断された刀が宙を飛んで、参道わきの立木に突き刺さった。

大島の顔に戦慄が奔った。刀がはばき（鍔元）から五寸（約十五センチ）ほどのところで折れている。折れた刀を地面に叩きつけ、すぐさま脇差を引き抜こうとしたところへ、正面から斬撃がきた。瞬息の袈裟がけである。

「わッ」

悲鳴をあげて、大島がのけぞった。肩口から胸にかけて深々と切り裂かれ、めくれた肉の間から、切断されたあばら骨が白く点々と見えている。

間髪を容れず、もう一人がとどめのひと突きを、大島の脾腹にぶち込んだ。

脇腹から血を噴き出しながら、大島は朽木のように参道に倒れ伏した。

覆面の二人の武士は、血まみれの大島の死体に冷ややかな一瞥をくれ、刀の血ぶりをして鞘におさめると、ひらりと翻身して風のように闇のかなたに走り去った。

3

直次郎が、大島清五郎の死を知ったのは、一日後の昼下がりだった。

年番方同心の奥山平兵衛から、北町奉行所の大島の名を「両御組姓名帳」から抹消するようにと指示されて、はじめて知ったのである。

「承知いたしました。さっそく北町におもむいて、死因その他、子細を聞いてまいります」

直次郎は、すぐさま「両御組姓名帳」を持って、呉服橋の北町奉行所に向かった。

南北両町奉行所の同心が死亡した場合、その状況を詳細に調査して記帳するのも、「両御組姓名掛」の重要な仕事の一つなのだ。

八ツ半（午後三時）ごろ、北町奉行所に着いた。

門番に来意をつげると、ほどなく表役所から佐川陽之助が沈痛な表情で出てきて、

「お役目、ご苦労に存じます」

門前に立っている直次郎に丁重に頭を下げた。

「突然のことで、わたしもびっくりしましたよ。大島さんとはつい二日前の晩、海賊橋で会ったばかりでしたからね」

「海賊橋で？」

佐川がけげんそうな顔で聞き返した。

「野暮用があって、鉄砲洲へ行くといっておりましたが」

「そうですか」

佐川はちょっと思案したあと、「立ち話もなんですから、どうぞ、こちらへ」

と表門わきの面番所に、直次郎を案内した。

「で、大島さんが亡くなったのは、いつですか？」

面番所の一隅で、小者が運んできた茶をすすりながら、直次郎が訊いた。「両御組姓名帳」に死亡日時を書き込むためである。

「二日前の晩です。場所は鉄砲洲稲荷の境内。何者かに斬られたのです」

「斬られた！」

直次郎は瞠目した。大島は北町奉行所でも五指に入る剣の達者である。その大島が斬られて死んだとなると、下手人はよほどの手練にちがいない。

「体じゅうをめった斬りにされましてね。むごい死体でしたよ」

佐川が暗然といった。

「すると、下手人は侍ってことになりますか」

「まだ断定はできませんが」

佐川の口調はあくまでも慎重である。

「妙なことに、大島が殺された場所で、もう一人の死体が見つかりましてね」

「もう一人？　というと――」

「弥七というやくざ者です。おそらく大島は、その男に会うために鉄砲洲稲荷に向かったのではないかと」

「しかし、なんでその二人が」

殺されなければならないのか、と訊き返す直次郎に、佐川は、

「これは、わたしの推量ですが」

と前おきして、

「大島は、弥七という男から〝猫目の源蔵〟一味に関する情報を引き出そうとしていたのかもしれません」

そのことが事前に一味に知れたために、二人は口を封じられたのではないか、

と佐川はいった。たしかにそう考えれば、話のつじつまは合うのだが……、

（しかし）

と直次郎は思い直した。

大島清五郎ほどの剣の達者が、夜盗ごときにむざむざ殺されるとは思えない。

下手人はまちがいなく手練の武士、もしくは浪人者である。ひょっとしたら〝猫目の源蔵〟一味の背後には、べつの支援組織が存在するのではないか。

直次郎はそう思ったが、口には出さなかった。

佐川ほどの切れ者なら、当然、そこまで読んでいるだろうし、門外漢の直次郎が北町の探索に、あれこれと口をはさむのは僭越である。

「では」

と急に居住まいを正し、小わきにかかえていた分厚い「両御組姓名帳」をおもむろにひろげて、

「大島さんは、殉職ということでよろしいですな」

直次郎が事務的な口調で聞いた。

「そういうことにしていただけますか」

「わかりました」

うなずいて姓名帳に「殉職」の二文字と死亡状況や日時、場所などを書き込み、直次郎はそそくさと立ち上がり、

「ご多忙中、ありがとうございました」

佐川に礼をいって、北町奉行所をあとにした。


帰途、直次郎はふと思い立って、日本橋萬町に足を向けた。

妻・菊乃の薬が切れていることを思い出し、萬町の生薬屋『井筒屋』に立ち寄ろうと思ったのである。

菊乃の常用薬『浄心散』は、十包（十日分）で一分もする高価な薬である。

直次郎は一分二朱しか持ち合わせていなかった。それが今月の小遣いのすべてである。

一分を薬代にあてると、残りは二朱。今月はそれでやりくりをしなければならない。とうぶん酒も呑めないし、昼めし代にも事欠くことになる。かなりきびしいふところ具合だが、しかし菊乃の体を思うと、

——背に腹は代えられねえ。

のである。

日本橋の南詰に出たとき、直次郎の後方から、菅笠をかぶり、紺の半纏に黒の股引きをはいた男が足早に歩み寄ってきて、ぴたりと横についた。

直次郎は、目のすみでちらりと男を見た。半次郎だった。

「なんだ、半の字か」

「今夜、空いてますかい？」

菅笠の下から、例によって、低い抑揚のない声がした。直次郎は無視するように顔を正面に向けたまま、これも押し殺したような低い声で、

「仕事か」

と訊き返した。

「へい。くわしい話はあっしの舟小屋で」

「いまからか？」

「いえ、六ツ半（午後七時）ごろで結構です」

「わかった」

直次郎が応えると、半次郎はすばやく直次郎から離れ、足早に人込みの中に消えていった。そのうしろ姿を見送りながら、直次郎は内心ホッと安堵した。ようやく待望の〝仕事〟にありつけたのである。

（どうやら、これでひと息つけそうだ）

直次郎の顔に思わず笑みがこぼれた。


その夜……。

六ツ半かっきりに、直次郎は小網町の半次郎の舟小屋をたずねた。

板戸を引き開けて中に入ると、奥の暗がりから半次郎がうっそりと姿をあらわし、

「お待ちしておりやした」

と腰掛け代わりの空き樽を差し出した。それにどかりと腰をすえるなり、

「例の付け火の一件か」

直次郎が訊いた。

「へい。下手人がわかりやした」

「何者なんだ？」

「伊左次（いさじ）という遊び人です」

半次郎が語るところによると……、
伊左次は半年ほど前から、芝神明の伽羅の油問屋『宇野屋』の一人娘・お町と

同棲していたそうだが、定職も持たず、酒と博奕にうつつをぬかす伊左次に、お町のほうが愛想をつかし、三月前に芝神明の実家にもどってしまったという。

「ところが」

一拍おいて、半次郎が言葉をつぐ。

「別れたあとも、伊左次はお町に未練たっぷりで――」

執拗に復縁を迫っていたそうである。だが、お町の両親は頑として娘に会わせなかった。

ときには父親が声を荒らげて伊左次を追い返すこともあったようで、夜中に、二人が激しくいい争う声を、近所の人が何人も聞いているという。

「つまり」

あごの不精ひげを、ぞろりと撫でながら、直次郎が、

「それを根に持って『宇野屋』に火をかけたってわけか」

「へい」

『宇野屋』から火が出た直後、近くの路地を一目散に走り去ってゆく、伊左次らしき男を見たという証言も、半次郎は得ている。しかも、その事件以来、伊左次は急に金まわりがよくなり、行きつけの賭場で派手に博奕を打つようになったと

いう。

おそらく、『宇野屋』に侵入してお町と両親を殺したあと、帳場の金箱から金を盗み出し、夜盗の仕業（しわざ）に見せかけるために火を放って逃げたのではないか、と半次郎はいった。

話を聞きおえた直次郎は、深々とうなずいて、

「十中、八九まちがいねえだろう」

といった。直次郎には直次郎なりの直観がある。半次郎の調べに疑念をはさむ余地はないとみたのだ。

「では、請（う）けてもらえやすか」

「伊左次ってのは、どんな野郎だ？」

「歳は二十四。色白のやさ男です。左頬に二寸（約六センチ）ほどの疵（きず）があるので、見ればすぐにわかりやす」

「仕事料は？」

「………」

半次郎は、無言で空き樽の上に小判を三枚おいた。それを無造作につかみ取って、

「伊左次の家はどこだ」

　直次郎が訊いた。

「やつは高砂町の賭場におりやす」

　それだけ聞けば十分だった。高砂町といえば、香具師の勘兵衛の「隠し賭場」以外に考えられない。

「わかった。行ってくるぜ」

　三両の金子をふところにねじ込むと、直次郎はふらりと小屋を出ていった。

　高砂町は、浜町堀の東岸に位置する町屋である。

　かつてこの界隈には吉原遊廓があった。明暦の大火後、吉原が浅草に移転し、その跡にできた町屋なので、一名「元吉原」とも呼ばれている。

　香具師・勘兵衛の家は、高砂町の北はずれにあった。

　桟瓦葺きのどっしりした家である。

　非合法の博奕を生業にしているだけに、家のまわりは高い板塀で厳重に囲われ、塀の上には「忍び返し」が付設されている。この手の隠し賭場は、玄関からは客を入れず、家の裏手の切戸口から出入りさせるのが通例である。

　直次郎は、裏路地の暗がりにたたずんで、切戸口を出入りする客たちに目を光らせた。闇の奥からぽつりぽつりと人影があらわれて、そそくさと切戸口の中に消えてゆく。

待つこと四半刻（約三十分）。

今度は、切戸口から人影が出てきはじめた。博奕に負けて、しょんぼりうなだれて出てくる者もいれば、手のひらで小粒（一分金）をチャラチャラ弄びながら、ほくそ笑んで出てくる者もいる。

その男を最後に、瞬刻、人の出入りが途絶えたかに見えた。そのとき……、

直次郎の目がぎらりと光った。

切戸口が音もなく開いて、若い男がこっそりと出てきた。鳶茶の羽織、黒襟の広袖に三尺帯、藺草の雪駄をはいた遊び人風体の男である。

男は、直次郎が身をひそめている路地の前を、足早に通りすぎていった。

（野郎だ）

直次郎の目が、男の顔をしっかり捉えていた。歳のころは二十三、四。色白のやさ男で左頰に二寸ほどの疵があった。――伊左次にまちがいない。

4

月の明るい夜である。

人通りの絶えた浜町堀の西岸の道を、伊左次が広袖をひらひらなびかせながら、富沢(とみざわ)町のほうに向かって歩いていた。博奕に負けたうさ晴らしに、富沢町の行きつけの居酒屋で酒を呑もうと思ったのである。

栄(さかえ)橋の西詰にさしかかったところで、伊左次は背後にひたひたと迫る足音に気づき、けげんそうに歩度をゆるめて、首をめぐらした。

長身の侍が大股にやってくる。

月明かりの中に浮かびあがったその侍は、一目で八丁堀とわかるいでたちをしている。

直次郎である。伊左次は足をとめて、ぎこちない笑みを直次郎に投げかけ、

「こんばんは」

と一礼して、ふたたび歩を踏み出そうとすると、

「待ちな」

直次郎の野太い声が、背中に突き刺さった。

「へ？」

「伊左次だな」

伊左次は、ゆっくり振り返り、警戒するような目で、

「あっしに何か」

「芝神明の『宇野屋』一家を殺して、火をかけたのはおめえだな」

「な、なにをおっしゃいますか！」

伊左次の顔が凍りついた。

「知らねえとはいわせねえぜ」

「し、知りません。まったく身に覚えのないことです。いったい何を証拠に――」

「貴様のような悪党に、証拠なんざいらねえさ」

「冗談じゃありやせんぜ」

居直るように、伊左次は鼻でせせら笑った。

「町方のお役人が、証拠もなしに人を火付け呼ばわりするなんて、ちょいと乱暴すぎるんじゃねえですかい」

「八丁堀というのは表向きの顔でな。じつはもう一つ、別の顔を持ってるんだ」

「え」

「つまり、闇の殺し人よ」

「や、闇の殺し人！」

「おめえの命をもらいにきたぜ」

「ひっ」

声にならぬ叫びをあげて、とっさに伊左次は身をひるがえしたが、それより迅く、

しゃっ！

直次郎の抜きつけの一閃が、伊左次の背中を、逆袈裟に斬りあげていた。血しぶきをまき散らしながら、伊左次は上体を大きくのけぞらせて、浜町堀に転落していった。

どぼん。

と水音が立ち、血泡とともに伊左次の死体がぽっかり水面に浮かびあがったときには、もう直次郎の姿は闇のかなたに遠ざかっていた。

じつは、このとき……、

対岸の久松町の路地角に立って、一部始終を目撃していた人影があったのだ

が、直次郎はまったく気づいていなかった。

翌日は、非番だった。

昼すこし前に八丁堀の組屋敷を出て、直次郎は日本橋萬町に向かった。きのう、買いそびれた菊乃の薬を、あらためて買いに行くためである。ふところには昨夜の仕事料の三両が手つかずにある。菊乃の薬を一カ月分まとめて買ったとしても、手元にはまだ二両と一分が残る勘定になる。

（これで、とうぶん小遣いには困らねえ）

直次郎は、ひどく豊かな気分になった。二両一分は、現代の貨幣価値に換算すると、十四、五万円に相当する。小役人の小遣いとしては潤沢（じゅんたく）すぎる大金である。

日本橋萬町の生薬屋『井筒屋』で、『浄心散』三十包を買い入れると、直次郎は中橋（なかはし）広小路に足を向けた。

中橋広小路には、高級な寿司屋、天ぷら屋、うなぎ屋、そば・うどん屋などが軒をつらねている。中でも創業百七十年ののれんを誇る老舗（しにせ）の寿司屋『玉鮨（たまずし）』は、江戸屈指の高級店として知られていた。

直次郎も定町廻りをつとめていたころに、見廻り先の商家の旦那に何度か連れて行かれたことがある。その『玉鮨』で、

（ひさしぶりに、寿司でも食おうか）

という気になったのだ。

日本橋と京橋を南北にむすぶ大通りは、江戸いちばんの繁華な通りで、

「さすが諸国の人の集まり、山もさらに動くがごとく」

と井原西鶴（いはらさいかく）が『日本永代蔵（えいたいぐら）』に記しているように、終日（しゅうじつ）人の往来が絶えなかった。

織りなす人波の中を、縫うようにして歩いているうちに、直次郎は背後にただならぬ気配を感じた。いや、気配を嗅（か）いだ。

甘い、馥郁（ふくいく）たる女の香りが、背中越しにふんわりとたゆたってきて、直次郎の鼻孔（びこう）をくすぐったのである。その香りに覚えがあった。思わず足をとめて振り返った。

雑踏の中に女が立っていた。一間（約一・八メートル）ほどの距離である。

「おまえさんは――」

お紺だった。

青無地の地味な盲縞（めくらじま）の着物を着ているが、うっすらと化粧をほどこしたその顔は、人込みの中でもひときわ目立って、艶麗（えんれい）な耀（かがや）きを放っていた。

「こんなところで、またお会いするなんて、奇遇ですねえ」

お紺が艶然（えんぜん）と微笑（わら）っていった。直次郎の顔は険（けわ）しく曇っている。

「見えすいたことをいうな」

鷹（たか）のように鋭（するど）い目でお紺を射すくめた。

「おれを跟（つ）けてきたんじゃねえのか」

「ふふふ」

お紺は否定も肯定もしなかった。ただ笑っただけである。

「おれに何の用だ？」

「この間、お願いしたこと、まだ返事を聞いてませんでしたね」

「あの話は、もう済んだはずだぜ。聞かなかったことにしてくれといったのは、おめえのほうだ」

「ところが、ちょっと事情が変わりましてね」

「どういうことだ？」

「こんなところで、立ち話も何ですから」

小声でそういうと、お紺は目顔で直次郎をうながし、先に立って歩き出した。

ややためらいながら、直次郎は黙ってそのあとについていった。

大通りを半丁ほど南に行ったところに、左に折れる小路があった。

式部小路という。小家が立ち並んだこの小路は、表通りとは打って変わって、人の通りも少なく、ひっそりと静まり返っている。

「わたし、見てしまったんです」

歩きながら、お紺が唐突にいった。背中を直次郎に向けたままである。

「見た？　——何を」

「ゆうべ、仙波さまが人を殺すところを——」

「！」

一瞬、直次郎の足が、釘を打たれたように、はたと止まった。

お紺も足をとめて、ゆっくり振り返った。顔からは笑みが消えている。冷ややかな眼差しでいった。

「おれは町方の役人だ、どんな事情があろうと、人を殺すわけにはいかない。——先日、仙波さまはそうおっしゃいましたよね」

「………」

直次郎は、凍りついたように、お紺を凝視している。

「でも、仙波さまは昨夜、たしかに人を殺めました」

「…………」

「先日、おっしゃったことと、話がちがうじゃありませんか。それとも——」

お紺は、背を向けてふたたび歩き出し、さらに声をひそめていった。

「二つの顔を使い分けているとでも？」

その一言がグサリと胸に突き刺さった。核心を突かれただけに、返す言葉がない。

直次郎は大股にお紺を追って、前にまわり込み、

「おれを脅そうって魂胆か」

語気するどく迫った。お紺は臆するふうもなく、にっこりと微笑って、

「わたしは、ただ事実を申しあげているだけですよ」

「まどろっこしいいい方はやめてくれ」

吐き捨てるようにいって、今度は直次郎が先に立って歩き出した。

「こうなったら、腹を割って話し合おうじゃねえか」

お紺が横に並んだ。

「おめえの望みは何なんだ？」

「先日、お願いしたことです」

「殺しか」

お紺がこくりとうなずく。

「誰を殺(や)りゃいいんだ？」

「その前に、仙波さまのご返事を――」

「相手しだいだな」

「それでは困ります。かならず殺ると約束していただかなければ」

「断ったら、どうする？」

お紺は応えなかった。その沈黙が逆に直次郎の不安をかき立てている。

「どうやら愚問(ぐもん)だったようだな」

「…………」

「おめえには弱みをにぎられている。断れるわけはねえ」

お紺は黙って歩いている。

「それを百も承知で、おめえは返事を迫っている。そういうことじゃねえのか」

「返事は、いますぐでなくても結構です」

「いつまでだ？」

「今度、お会いするときまで」

「今度？」

「それまでに心を決めておいてください」

いいおいて、お紺は小走りに立ち去った。

「ちょ、ちょっと待て」

あわてて追おうしたが、すぐに思いとどまり、小路の奥に消えてゆくお紺のうしろ姿を暗然と見送りながら、直次郎は腹の底で、

（あの女狐（めぎつね）め——）

と、いまいましげにつぶやいた。

式部小路の東はずれから、小松町（こまつ）と川瀬石町（かわせこく）の間の路地を通りぬけると、楓川の川岸通りに出る。そこを右に曲がって新場橋（しんば）をわたれば、八丁堀はもう目の前である。

直次郎の胸の底には、まるで鉛（なまり）を飲みこんだように重いものがつかえていた。昨夜の伊左次殺しを、お紺に目撃されたことへの深い悔悟（かいご）の念である。

心のどこかに油断があったのか。仕事の慣れによる気のゆるみか。いずれにしても「闇の殺し人」として、あるまじき大失態である。

鬱々(うつうつ)とした気分で新場橋をわたろうとしたとき、ふいに背後から、

「旦那」

拍子抜けするほど、明るい声が飛んできた。振り返ってみると、大きな台箱を背負(しょ)った小夜(さよ)が小走りに駆け寄ってきた。

「小夜か」

「どうしたの？」

小夜が探るような目でいった。

「そんなしょっぱい顔をして」

「べつに、どうもしやしねえさ。仕事の帰りか」

「うん。今日はこれで終わり。たまにはうちで一杯やらない？」

「今日はやめとく」

「あら、めずらしいじゃない。あたしの誘いを断るなんて」

「そんな日もあるさ。じゃあな」

そっけなくいって、踵(きびす)を返そうとすると、小夜がぴたりと体をよせてきて、

「さっきの女、だれ？」

上目づかいに訊いた。直次郎の足がぎくりと止まった。

「さっきのひと？」

「式部小路を一緒に歩いてたひと。きれいなひとだったわね」

「あ、あれか。――通りすがりの女に、道を聞かれただけだ」

「うそ」

「うそじゃねえ。妙な勘ぐりはやめてくれ」

「あたしにはわかってる。旦那、あのひとといい仲なんでしょ」

「ば、馬鹿なことをいうな」

思わず声を荒らげた。

「女の勘はたしかなんだから」

「大人をからかうもんじゃねえぜ。それともおめえ、悋気してるのか」

「ふん。誰が悋気なんかするもんですか」

小夜がぷいと頬をふくらませた。

「女房に薬を届けなきゃならねえんだ。とにかく今日は勘弁してくれ」

くるっと背を向けて、逃げるように立ち去る直次郎へ、

「なにが女房さ。女たらしが！」

　小夜は憤然といい捨てた。

5

　襖がからりと開いて、買い物帰りのおもとが顔をのぞかせた。

「お出かけですか」

　寝間のすみで、猫目の源蔵が着替えをしている。

　利休鼠(りきゅうねずみ)の羽織、朽葉色(くちばいろ)の着物、本博多帯(ほんはかたおび)に紺足袋(たび)という、どこぞの商家の旦那を思わせる立派な身なりに着替えると、源蔵は敷居ぎわに立っているおもとを振り返って、

「門前仲町の料亭で大事な商談があるんや。酒を呑んでくるさかい、晩めしの支度(したく)はせんでもええで」

「わかりました」

「ほな、行ってくるわ」

「お気をつけて」

おもとに送られて、源蔵はいそいそと家を出ていった。
陽はすでに没していたが、西の空にはかすかに残照がにじんでいた。
源蔵は、常磐町の入り組んだ路地をぬけて、小名木川に架かる高橋をわたった。

橋の南詰から、ほぼ一直線に広い道が南にのびており、それを行くと四半刻たらずで深川門前仲町に着く。

門前仲町は、真言宗大栄山・永代寺の門前に栄えた江戸有数の歓楽街で、町を東西につらぬく一ノ鳥居通りを中心に、南横丁、西横丁、畳横丁、摩利支天横丁、銭屋横丁など、無数の横丁・小路が網の目のように走っている。

先日、源蔵が普請請負業の上総屋傳兵衛と会食した料亭『磯松』は、門前仲町の目抜き通りともいうべき一ノ鳥居通りの中ほどにあった。風趣のある老舗の料亭である。

檜皮門をくぐり、格子戸を引き開けて中に入ると、奥から愛想のよい仲居が出てきて、源蔵を二階座敷に案内した。

座敷には、豪華な酒肴の膳部がととのっていて、上総屋傳兵衛と五十がらみの恰幅のよい武士が酒を酌みかわしていた。源蔵が座敷に入るなり、

「お待ちしておりました。ささ、どうぞ」

傳兵衛が満面の笑みで、酒席にうながし、

「さっそく、お引き合わせいたしましょう」

ちらりと隣席の武士に目をやった。

「こちらが木挽町の御前、御普請奉行の時岡庄左衛門さまです」

「お初にお目にかかります。手前、源蔵と申します。よろしくお引きまわしのほどを」

源蔵が神妙な顔で、低頭した。

「ふむ」

と鷹揚にうなずいて、時岡は酒杯を口に運びながら、

「わしと上総屋とは十年来の付き合いでな。互いに持ちつ持たれつ、助け合いながらここまでやってきた、いわば刎頸の仲なのだ」

「さようでございますか。このたびは一方ならぬお世話になりまして」

源蔵は、もう一度深々と頭を下げた。北町の同心・大島清五郎と情報屋の弥七を始末してもらったことへの礼である。

「なに、あれはわしが直にやったことではない」

時岡がかぶりを振って、やや声を落としながら、

「公儀筋の、さる御仁に依頼したのだ」

といった。源蔵が意外そうに見返した。

「さる御仁、と申されますと？」

「いまは名を明かすわけにはいかぬが、いずれ時がきたら、そのほうにも引き合わせよう」

「ありがとう存じます」

一礼すると、源蔵はふところから袱紗包みを取り出し、うやうやしく時岡の前に差し出した。ずっしりと重量感のある包みである。

「些少ではございますが、これはほんのお礼のしるしでございます」

時岡は、さも当然のごとくそれを受け取り、包みを開いた。

中身は切餅（二十五両包み）四つ、百両の金子である。

「お口ききをいただいたお方には、あらためてお礼を持参するつもりでございます。どうぞ、その金子は御前さまがお納めくださいまし」

「わかった」

と、袱紗包みを無造作にふところにねじ込み、

「ところで、源蔵」

時岡が膝を乗り出していった。

「こたびは、首尾よくあの二人を始末することができたが、しかし、まだ油断はならんぞ」

「それは、もう重々――」

「むしろ、あの一件で北町の探索の手はさらにきびしさを増したようだ。ほとぼりが冷めるまで、しばらくは動かぬほうがよいだろう」

「しかと心得ました」

二人のやりとりにじっと耳をかたむけていた傳兵衛が、ふっと顔をあげて、

「ささ、話はそのへんにして、どうぞ、お召し上がりくださいまし」

二人の盃に酒をついだ。


夕闇が夜闇に変わろうとしていた。

東の空に蒼白い月がポッンと浮かんでいる。

人の往来もなく、物寂しい静けさがただよう南本所番場町の路地を、着物の裾をからげて、足早にゆく女の姿があった。小夜である。いつもの女髪結いの姿と

は一変して、小ぎれいな身なりをしている。

路地の一角にある古い小さな家の前で、小夜は足をとめた。西側の小窓にほんのりと明かりがにじんでいる。小夜はそっと腰高障子を引いて、

「こんばんは」

と中に声をかけた。奥の暗がりからのっそりと姿をあらわしたのは、万蔵だった。

「お小夜さんか。どうしたい？　こんな時分に」

「ちょっと、いい？」

「ああ、むさ苦しいところだが、上がんな」

万蔵があごをしゃくって、奥にうながした。

うずたかく積み上げられた古着の山の奥に、六畳の畳部屋がある。一人で酒を呑んでいたらしく、素焼きの手焙(てあぶ)りの前に貧乏徳利と呑みかけの茶碗がおいてあった。

「おまえさんも呑むかい？」

「じゃ、一杯だけ」

万蔵は台所から茶碗を持ってきて、貧乏徳利の酒をつぎながら、

「で、おれに用向きってのは？」

けげんそうに訊いた。

「仙波の旦那のことで、ちょっと」

「旦那がどうかしたのか」

「様子がおかしいんですよ。女ができたみたい」

「女？」

「それも仙波の旦那にはもったいないような、とびきりの美人」

「ふーん」

気のない顔でうなずきながら、万蔵は茶碗酒をすすっている。

「あれはただの浮気じゃない。本気ですよ」

「ふふふ」

万蔵が黄色い歯をみせて笑った。

「何がおかしいんですか」

「おまえさん、悋気してるんじゃねえのかい」

小夜は憤然（ふんぜん）となって、声をとがらせた。

「旦那にも同じことをいわれたわ。でも、おあいにくさま。あたし、仙波の旦那になんかこれっぽちも関心がありません」

「だったら、ほっときゃいいじゃねえか」

「万蔵さん」

呑みかけの茶碗をコトリと畳において、小夜が真剣な顔で向き直った。

「あたしが気になるのは、女のほうなんですよ」

「――というと？」

「ひょっとしたら、あの女、何か下心があるんじゃないかしら？」

「下心？」

「旦那を利用して、何か悪さを企んでいるとか。これは、あたしの勘だけど、――なんとなくそんな気がしてならないんですよ」

「うーむ」

さすがに万蔵も考え込んでしまった。

小夜の懸念（けねん）も、あながち邪推とはいえなかった。女に「脇が甘い」のが、直次郎の唯一の弱点である。直次郎が「闇稼業」に加わったのも、小夜の誘いにやすやすと乗って、元締めの家をたずねて行ったのが、そもそものきっかけだった。

「いわれてみれば――」

万蔵が思案げに目を細めて、独りごちるように、

「たしかに〝とびきりの美人〟ってのが、引っかかるなァ」

「でしょ？」

わが意を得たりと、小夜は小鼻をふくらませた。

「昔からいうじゃないですか。きれいな花には棘があるって」

「わかった。いっぺん旦那に会って、それとなく探りを入れてみる」

そういって、万蔵は茶碗の酒を一気に呑みほした。

第三章　怨讐（おんしゅう）

1

この数日、晩秋とは思えぬ、温暖な陽気がつづいている。

小窓から差し込む、おだやかな陽差しにさそわれて、仙波直次郎はうつらうつらと舟をこいでいた。南町奉行所の用部屋の中である。

机の上には「両御組姓名帳」が広げたままおかれている。

──トントン、トントン。

半醒半睡（はんせいはんすい）の中で、遣戸を叩く音を聞いて、直次郎はうっすらと目をあけた。小半刻（約三十分）ほど眠っただろうか。まだ意識がもうろうとしている。

――トン、トン。

今度は、はっきりと聞いた。あわてて立ち上がり、遣戸を引き開けると、廊下に米山兵右衛が立っていた。

「あ、米山さん」

「昼めしを食べに行きませんか」

「もう、そんな時刻ですか」

「つい先ほど、九ツ（正午）の鐘が鳴りました」

「そ、そうでしたね。時のたつのは早いものですな。ははは」

と笑ってごまかし、

「行きましょう」

兵右衛をうながして、直次郎は用部屋を出た。

数寄屋橋御門の前の広場をわたると、左側に弥左衛門町という町屋がある。寛永五年（一六二八）に八重洲河岸の内町がここに移され、草分名主の弥左衛門が創設したという古い町屋である。

その弥左衛門町の路地に、直次郎の行きつけの一膳めし屋があった。

以前は、芝の雑魚場で漁師をしていたという老夫婦が店を切り盛りしており、値段の安さと魚の旨さには定評があった。

「それにしても――」

焼き魚定食を食べながら、兵右衛が思い出したようにぽつりといった。

「気の毒なことですな」

「は？」

直次郎が、箸をとめてけげんに見返すと、

「北町の大島さんです」

「ああ」

先夜、鉄砲洲稲荷で斬殺された北町奉行所の同心・大島清五郎のことである。

「まだ幼いお子さんが二人もいるというのに。さぞ無念だったでしょうな」

身につまされるように、兵右衛は小さな目をしばたたかせていった。

「夜盗一味の仕業ではないかと、佐川さんはそういっておりましたが」

「たぶん、そうでしょう。大島さんが殺される数日前に、一味のひとりが北町の捕方に追いつめられて自害してますからね。その意趣返しかもしれません」

「意趣返し？」

「北町は北町で、大島さんの弔い合戦だ、草の根分けてもかならず一味を探し出す、場合によっては討ち捨てもやむなし、と殺気立ってますからね。これはもう、捕物というより戦ですよ」

「血腥い話になってきましたな」

「水野越前守さまが御老中首座になられてから、世の中おかしくなってきました。何かが狂いはじめたような気がしてならないんです。わたしは」

「たしかに物の値段は上がるし、江戸の治安は乱れる一方。水野さまが唱える『ご改革』も、庶民に痛みを押しつけるだけで、何ひとつ成果が上がっておりません。ただの空念仏ですよ、あれは」

大島清五郎の話題にはじまって、最後は政道批判となった。

そこへ、奉行所の役人がどかどかと入ってきた。いずれも顔見知りの事務方の同心たちである。直次郎と兵右衛は、気まずそうに口をつぐむと、どんぶりに残ったためしを一気にかきこみ、卓の上にめし代をおいて、そそくさと出ていった。

弥左衛門町の路地を出たところで、直次郎がふと足をとめた。

前方から菅笠をかぶり、唐桟留の半纏をまとった、ずんぐりした男がやってくる。

「どうしました？」

兵右衛がいぶかるように訊いた。

「あ、いえ、わたし、ちょっと買い物をしてきますので、お先にどうぞ」

「そうですか。では」

一揖して、兵右衛は足早に去っていった。それを見送るなり、直次郎が、

「万蔵」

と、男に声をかけた。男が足をとめて菅笠のふちを押し上げた。

「やァ、旦那」

古着屋の万蔵である。偶然をよそおっているが、じつは先刻から弥左衛門町の路地角に立って、直次郎が一膳めし屋から出てくるのを待ち受けていたのである。

「どこへ行くんだ？」

「得意先に品物を届けに行った帰りで」

「ちょうどよかった。おめえに折り入って相談がある。そのへんで茶でも飲まねえか」

「へい」

弥左衛門町の路地をぬけて、二人は向かい側の元数寄屋町に足を向けた。

辻角に『宇治屋』の看板をかかげた大きな茶問屋があった。

店先に緋毛氈をしきつめた床几がしつらえてあり、絣の着物に赤いたすきをかけた小女が、茶菓の接待をしている。二人は床几に腰をおろして、小女に茶を注文した。

『宇治屋』では、茶を注文した客に〝梅花〟という京菓子を無料で提供している。その〝梅花〟を頬張りながら、直次郎が、

「おめえに調べてもらいてえことがあるんだが」

と声をひそめていった。

「何をですかい？」

「女だ」

「おんな？」

虚を突かれたような顔になった。自分が探りを入れようとしていたことを、直次郎の口から、いきなり切り出されて面食らったのである。

「橘町の『笹ノ屋』って小料理屋で働いてる女だ。名はお紺。その女の素性を洗ってもらいてえんだ」

「ちょ、ちょっと待っておくんなさい」

茶をぐびりと喉に流し込んで、

「その女が、いってえどうしたと――」

万蔵がいいさすのへ、

「いま話すわけにはいかねえ」

直次郎は、険しい表情でかぶりを振った。

「いずれ、女の素性が明らかになったときに、すべてを打ち明ける。それまでは何も聞かねえでくれ」

「……………」

戸惑うように沈黙する万蔵の手に、直次郎は小粒二個をそっとにぎらせて、

「やってくれるか」

「そりゃ、かまいやせんが」

「おめえしかいねえんだよ、こんなことを頼めるのは」

懇願の口調である。

「わかりやした。調べてみやしょう」

うなずいて、食べかけの〝梅花〟をポンと口の中に放り込むと、万蔵は一礼し

てすばやく立ち去った。

大島清五郎の斬殺事件以来、北町奉行所は総力をあげて〝猫目の源蔵〟一味の行方を追っていた。総力といっても、北町に所属する百四十名の同心の中で、実際に事件の探索に当たるのは、定町廻り同心六名、臨時廻り同心六名、隠密廻り同心二名の、わずか十四名にすぎない。

その手不足を補うために、岡っ引や下っ引といった〝手先〟を使って、探索や情報収集に当たらせていた。廻り方同心が、江戸の各町にある自身番屋を巡回するのは、自身番屋が岡っ引や下っ引たちとの情報交換の場になっていたからである。

原則として、自身番屋は一町に一カ所と定められていた。

しかし、人口の増加とともに町数が増えたため、江戸後期には三、四カ町が共同で自身番を設けるようになった。ちなみに、天保年間（一八三〇～一八四四）の江戸の町数は一千六百七十町。自身番屋の数は、およそ三百カ所あったという。

その三百の自身番屋を、わずか十四名で巡回し、岡っ引や下っ引たちから情報を集めるのだから、廻り方の仕事はかなりの激務といえた。町方は「歩くのが商売」といわれるゆえんである。

この日……、

北町奉行所の定町廻り同心・井沢欣次郎は、湯島、上野山下、下谷界隈の自身番屋八カ所をまわって、七ツ半（午後五時）ごろ帰途についた。

西の空が、血を刷いたように真っ赤に染まっている。

時の経過とともに、赤く焼けた空がみるみる桔梗色に変わり、三味線堀の堀端通りにさしかかったころには、すっかり夕闇に領されていた。

ふいに一陣の風が吹き抜け、堀端の柳並木の枝がいっせいになびきはじめた。

と、そのとき、前方の柳の木陰から、音もなく二つの黒影がわき立ち、井沢の行く手をふさぐように立ちはだかった。

いずれも黒布で面をおおい、袴の股立ちを高くとった屈強の武士である。

反射的に、井沢は刀の柄に手をやった。

覆面の二人の武士は、さながら黒つむじのように音もなく疾駆し、井沢に向かって一直線に突進してきた。いつの間に抜いたのか、二人とも右手に抜き身を引っ下げている。

「く、曲者！」

叫ぶなり、井沢は刀を抜き放った。二人の武士が無言で斬りかかってきた。

キーン。

火花を散らして刃と刃が錚然と咬みあう。

正面からのすさまじい一撃を、井沢は紙一重でかわしたが、そのときすでにもう一人の影が左横に迫り、無声の気合とともに横殴りの一刀が飛んできた。

脇腹に焼けつくような熱い痛みが奔った。よろめきながら、井沢は左手で傷口を押さえた。左脇腹がざっくり裂かれ、はらわたがとび出している。

息つく間もなく、二の太刀が飛んできた。さすがに今度はかわし切れなかった。

がつッ。

骨を断つ音がして、切断された井沢の首が地面にころがった。首のない胴体からものすごい勢いで血が噴き出している。

二人の覆面の武士は、返り血を避けるように跳び下がり、刀の血ぶりをして鞘におさめると、ひらりと身をひるがえして闇のかなたに走り去った。

それから四半刻（約三十分）後……。

湯島聖堂の裏手の道を、音もなくひた走る二つの影があった。

先ほどの覆面の武士である。二人とも覆面をはずして素顔をさらしているが、夜のとばりの中で、その面貌を定かに見ることはできない。

二人は、湯島三丁目の角を左に曲がった。そこは寂として物音ひとつ聞こえぬ、閑静な武家地だった。道の両側には、大小の旗本屋敷が高塀をつらねている。

二人が足をとめたのは、敷地七、八百坪の、築地塀をめぐらした広大な旗本屋敷の裏門だった。くぐり扉をすばやく押し開けて、二人は門内に姿を消した。

その屋敷の奥書院で、初老の大柄な武士が洒落本に目を走らせながら、酒杯をかたむけていた。歳のころは五十二、三。鬢のあたりに白いものが混じっているが、眉は黒々としていて、顔の血色もよく、精力的な面がまえをしている。

火付盗賊改役組頭・佐久間将監。千五百石高布衣、躑躅の間席の旗本である。

「殿」

襖越しに、低い声がした。

呑みかけの酒杯を膳部において、佐久間がゆったりと首をめぐらし、

「もどったか」

と声をかけると、襖がすっと音もなく開いた。敷居ぎわに二人の武士がひざまずいている。配下の与力・中尾軍蔵と同心・塚田平助である。

「して、首尾は？」

「ぬかりなく」

中尾が応えた。

「ご苦労だった。詰所に酒の支度をさせておいた。ゆっくりくつろいでくれ」

「はっ」

畏懼するように低頭して、二人は腰をあげた。襖が音もなく閉まる。

佐久間の顔にふっと老獪な笑みがにじんだ。

2

急に陽が翳り、用部屋の中が薄暗くなった。

「ふう――」

大きく吐息をついて硯箱に筆をおくと、直次郎は手の甲で両瞼をひとこすりして、ふたたび「両御組姓名帳」に視線を落とした。

つい先ほど、北町奉行所から、大島清五郎と井沢欣次郎の後任が決まったとの通告があり、その二人の名を「両御組姓名帳」に記入したところである。

高柳真之助（たかやなぎしんのすけ）。歳、二十三。

菊地健吾（きくちけんご）。歳、二十二。

両名ともに、見習い同心からの抜擢（ばってき）だという。

町奉行所の同心の子弟は、十二、三歳で無足（むそく）（無給）見習いにあがり、一定の修業期間をへて日勤見習いになり、さらに一年の見習い期間をへて本勤並、本勤と昇格してゆくのが通例だが、本勤同心に緊急に欠員が生じた場合、見習い同心から一足飛びに本勤に採用されることもままあった。

直次郎も十四年前に、見習い同心から定町廻りに抜擢されている。もっとも、そのときは欠員が生じたためではなく、正真正銘の「抜擢」だった。

当時の上役与力は、部下の才腕や能力を見抜く目を持っていたし、過去の慣習にとらわれず、思い切った人事を断行するふところの深さも持っていたのである。

しかし、今回の北町の「抜擢人事」は、いかにも急場しのぎの数合わせといっ

た感がいなめないのだ。直次郎にいわせると、

「どうも、頼りねえ」

のである。

これまでに北町奉行所は、佐川陽之介、井沢欣次郎、大島清五郎の三人を主戦力として数々の実績をあげてきた。

個人の実績としては、佐川陽之介が群を抜いていたが、それにつぐ逸材として将来を嘱望されていた井沢と大島が、相次いで何者かに殺害されてしまったのである。

急遽、見習い同心二名を起用して穴埋めをしたとはいえ、北町の戦力が大幅に低下したことは、誰の目にも明らかだった。

直次郎は、「両御組姓名帳」に新たに書き加えられた二人の名に視線を落としながら、

（ひょっとしたら、下手人のねらいは、それかもしれねえ）

ふとそう思った。

北町奉行所の戦力の低下を、――つまりは治安・探索能力の低下を、誰よりもよろこぶのは〝猫目の源蔵〟一味であろう。

直次郎の勘に狂いがなければ、一味の背後には黒幕がいるにちがいなかった。その連中が源蔵一味を支援するために、北町奉行所の戦力を削ごうと企てたのではないか。

ぼんやりそんなことを考えていると、ふいに鐘の音がひびきはじめた。石町の七ツ（午後四時）の鐘である。

直次郎の顔が、鐘の音を聞いたとたん、パッと輝いた。昼めしどきの九ツと退勤時刻の七ツが、直次郎にとっては一日でもっとも楽しい瞬間なのだ。

文机の上の「両御組姓名帳」をぱたりと閉じて書棚にもどすと、直次郎はそそくさと用部屋を出ていった。

空がどんより曇っている。雨もよいの空である。

比丘尼橋のたもとに立っている欅の木は、もうすっかり葉を落とし、裸になった梢が寒々と風にゆらいでいる。

橋をわたって、北詰を右に曲がりかけたところで、直次郎はふと足をとめた。

万蔵に、お紺の素性を調べるように依頼してから、今日で三日たつが、まだ何の音沙汰もなかった。それが気になって、急に万蔵の家をたずねようと思い立ったのである。

直次郎は、そのまま外濠通りの道を、まっすぐ北をさして歩いた。

鍛冶橋御門の前にさしかかったときである。

右手の路地からひょいと飛び出してきた菅笠の男と、あやうくぶつかりそうになった。

「あ、ごめんなすって」

男がぺこりと頭を下げた。

「万蔵じゃねえか」

「え」

男が菅笠を押し上げて、直次郎を見た。万蔵である。

「旦那――」

「偶然だな。これからおめえの家をたずねるところだったんだ」

「あっしも旦那に会いに行くところだったんで」

「まさに以心伝心ってやつだな」

笑いながら、

「そのへんで、酒でも呑みながら、ゆっくり話を聞こうじゃねえか」

直次郎はあごをしゃくって、万蔵をうながした。

そこから一丁ほど北に行った左手に、雑貨屋、灯油屋、八百屋、魚屋などの小店が軒をつらねるにぎやかな町屋があった。

桶町一丁目である。この町は、後年、北辰一刀流の創始者・千葉周作の弟・千葉定吉が道場を開いたことで知られている。

通りには買い物客がひっきりなしに行き交い、あちこちから声高な売り声がひびき、町のすみずみに夕暮れどきのあわただしさがみなぎっている。

直次郎は、町の一角の居酒屋に万蔵を案内した。

酒を呑むには、まだ時刻が早いせいか、客は一人もいなかった。店の女房らしき小肥りの女に燗酒と肴を注文して、二人は奥の小座敷にあがった。

ほどなく酒と小鉢が運ばれてきた。直次郎が万蔵の猪口に酒をついでやると、それをなめるように呑みながら、

「旦那、お紺って女は、ただものじゃありやせんぜ」

万蔵が声をひそめていった。

「というと？」

「意外なことが二つわかりやした。一つは、あの女が武家の出だということ」

「武家の出？」

「父親の名は、香月桂一郎。公儀の普請改役をしていたそうです。その香月の一人娘がお紺——本名は、香月園江だそうです」

「その武家娘が、なんでまた町場の小料理屋なんかで働いてるんだ？」

直次郎が、意外そうに訊き返した。

「五年前に、父親の香月桂一郎は腹を切って死んでおりやす」

「腹を切った？」

「くわしいことはわかりやせんが、それが原因で香月家は改易になりやしてね。その後母親の妙と娘の園江は通旅籠町に移り住んで、小間物屋を商いながらひっそりと暮らしていたとか」

その母親が三月前に肝ノ臓をわずらって死んだことは、お紺から聞いて知っていた。

「で、もう一つってのは？」

「橘町の『笹ノ屋』って小料理屋のあるじのことなんですが——、旦那はご存じで？」

「『笹ノ屋』で一度だけ会ったことがある。たしか与兵衛といったが」

「その与兵衛も、じつは香月家の下男だったんです」

「ほう」

意外なのは、それだけではなかった。

「表向き『笹ノ屋』のあるじは、与兵衛ってことになっておりやしたが、あの店の本当の名義人はお紺だったんで」

「つまり、お紺が店のあるじで、与兵衛は雇い人だったってわけか」

「へい。ところが妙なことに――」

万蔵は猪口の酒で口をうるおし、さらにおどろくべきことをいった。

「その与兵衛が十日ほど前に行方(ゆくえ)知れずになっちまいやしてね。『笹ノ屋』は人手にわたっちまったそうです」

「人手にわたった!」

直次郎は思わず瞠目(どうもく)した。

お紺から聞いた話では、あるじの与兵衛が体をこわしたために、しばらく店は休業するということだったが、万蔵の話が事実だとすれば、お紺はうそをついたことになる。

それにしても、なぜそんなうそをつかなければならなかったのか?

どう考えても、直次郎にはお紺の真意が読めなかった。

語りおえた万蔵が、猪口の酒を一気に呑みほして、

「ところで、旦那」

亀のようにぬっと首を突き出し、上目づかいに直次郎を見た。

「そのお紺って女といってえ何があったんですかい？」

「じつは――」

一瞬、口ごもったが、直次郎は意を決するように、

「殺しを頼まれたんだ」

「殺し！」

今度は、万蔵がおどろく番だった。突き出た額の奥の小さな目を精一杯見ひらいて、

「相手は誰なんですかい？」

と訊き返した。

「わからねえ。返事を聞くまではいえねえそうだ」

「旦那、まさかその女を抱いたんじゃねえでしょうね」

「……………」

直次郎は、気まずそうに沈黙している。その沈黙がすべてを語っていた。

「べつに旦那が女を抱いたからって、あっしがとやかくいう筋合いはありやせんがね。ただ――」

いつになく分別くさい顔で、万蔵がつづける。

「情がからんでくると、話はややこしくなりやすぜ」

「女に情をからませるほど、おれは初心じゃねえさ」

なかば開き直るようにいい返し、

「それより、万蔵。もう一つ訊きてえことがあるんだが」

「へえ」

「お紺の家はどこだ？」

万蔵が、ためらうように視線を泳がせながら、

「旦那、悪いことはいいやせん。あの女にはもう近寄らねえほうがいいですぜ」

「おれがそのつもりでも、女のほうが近寄ってくる。この話にケリをつけねえかぎり、お紺との縁は切れねえんだ」

「何か弱みでもにぎられてるんですかい？」

「ここだけの話だが」

直次郎が一段と声を落としていった。

「〝裏の仕事〟を見られちまったんだ」

「え」

「事としだいによっちゃ、お紺を斬らなきゃならねえ」

「………」

万蔵は凍りついたような目で凝視している。

「ケリをつけるってのは、そういうことよ」

「わかりやした」

万蔵が険しい顔でうなずいて、

「お紺は、神田松田町の紙問屋『美濃屋』方の貸家に住んでおりやす」

「ひとり住まいか」

「へい」

「万蔵」

直次郎が突き刺すような目で見た。

「この話は他言無用だ。いいな、おめえの腹の中にだけおさめておくんだぜ」

「わかっておりやす」

こくりとうなずいて、万蔵は酒を満たした猪口を口に運んだ。心なしか酒が苦い。ことの重大さがわかっているだけに、万蔵は気が重かった。

「闇の殺し人」が仕事の現場を他者に目撃されるということは、許されざる大失態である。もし、直次郎が自分の手で決着をつけられなければ、万蔵が直次郎を殺さなければならない。

それが「闇の殺し人」の掟なのだ。

3

桶町の居酒屋の前で万蔵と別れたあと、直次郎はその足で神田松田町に向かった。

分厚い雲が先刻よりさらに低く垂れ込めている。いまにも降り出しそうな空模様である。

紙問屋『美濃屋』方の貸家は、神田白壁町と松田町の路地の奥まったところにあった。以前は『美濃屋』の隠居が住んでいたという、平屋建ての小さな一軒家である。

窓の障子に明かりがにじんでいるのをたしかめると、直次郎は玄関の前に立って戸をわずかに引き開け、

「お紺、いるか」

と声をかけた。廊下の奥にかすかに明かりが洩れているのだが、返事はなかった。

直次郎は、そっと三和土に足を踏み入れた。踏込の上には、女物の駒下駄がきちんとそろえてあるし、こんな時分に女ひとりで外出したとは思えない。

「——お紺」

再度、声をかけてみたが、やはり応答はなかった。

一瞬、ためらいながら、直次郎は雪駄をぬいで廊下に上がりこみ、足音を消してゆっくり奥に歩をすすめた。

明かりをにじませた奥の部屋から、ほんのりと女の甘い香りがただよってくる。その部屋の前で足をとめると、直次郎は襖をわずかに引き開けて、中をのぞき込んだ。

刹那……、

直次郎の眼前に、キラリと光るものが突き出された。抜き身の短刀である。

びくっと体を硬直させ、目だけを動かして襖の陰を見た。視界のすみに白い女の顔がよぎった。お紺である。

「ずいぶんと手荒い歓迎だな」

直次郎がうめくようにいった。首すじに短刀の切っ先がぴたりと突きつけられている。

「そろそろ、あらわれるころだろうと思っていましたよ」

「なぜ、そう思った」

「この近所で、わたしの身辺をひそかに探りまわっている男がいると聞きましてね。それですぐにピンときたんですよ。その男は仙波さまの手の者ではないかと」

図星だった。お紺は万蔵の動きをすでに察知していたのである。それにしても、

(勘働きのするどい女だ)

と妙に感心しながら、直次郎は肩の力をぬいて、ゆっくりお紺に顔を向けた。

「で、おれをどうしようというつもりだ?」

それには応えず、お紺は直次郎の首すじに突きつけた短刀をスッと引いて、ふ

ところの鞘におさめた。

「まず、お差料(さしりょう)を預からせていただきます」

「念の入ったことだな」

苦笑しつつ、直次郎はいわれるまま腰の大小を引きぬいて、お紺に手渡した。

「どうぞ、お入りください」

お紺が襖を引いて、直次郎を部屋の中にうながした。

八畳の畳部屋である。部屋の中央に火のない長火鉢(ながひばち)があり、そのわきに明かりを灯(とも)した丸行灯(まるあんどん)がおいてある。

直次郎が長火鉢の前にどかりと座り込むと、お紺は安堵(あんど)するように微笑を浮かべ、台所から徳利と香の物の小鉢を運んできた。それを見て、直次郎が、

「脅(おど)しのあとは、酒のもてなしってわけか」

皮肉な口調でそういうと、お紺は悪びれるふうもなく、かたわらに腰をおろして、

「仙波さまは、お客さまですから。——どうぞ」

と、たおやかな手つきで酌をした。

人にいきなり短刀を突きつけておいて、「お客さま」はねえだろう、と、内心、

苦笑しながら、直次郎は猪口につがれた酒を一気に呑みほした。

「で——」

二杯目の酒をつぎながら、お紺が探るような目で直次郎を見た。

「どこまで調べがついているんですか」

「調べ？」

「わたしのことです」

「ああ」

直次郎は呑みかけの猪口を盆の上において、お紺を見返した。

「おまえさんの出自、本名、それに『笹ノ屋』の与兵衛との関わり。——おれが知っているのは、それだけだ」

「わたしの父親のことは、ご存じですか」

「幕府普請改方・香月桂一郎。——五年前に自裁したと聞いたが、それ以上くわしいことは、おれも知らねえ」

「そこまで、ご存じでしたら、本当のことをお話ししましょう」

お紺は急に居住まいを正した。

「父は罠にはめられたのです」

「罠？」

それは五年前の夏のことである。

大川の川開きが行われた五月二十八日の夜……。

花火見物の人々でごった返す両国橋の橋げたが、突然、欄干もろとも十五間（約二十七メートル）にわたって崩落し、死者三十七人、重軽傷者五十三人を出すという大惨事が起きた。

事故発生直後、直次郎も小者を十人ほど引き連れて負傷者の救出に当たった。地獄絵のように惨烈な現場の様子を、直次郎はいまでも鮮明に憶えている。

そもそも両国橋は、明暦三年（一六五七）の江戸大火後、江戸の市域を大川以東に拡張するために架設された御入用橋、すなわち官設の橋梁で、万治二年（一六五九）の竣工以来、すでに百七十七年がたっていた。

その間、幕府はたびたび橋の補修・改修普請を行ってきたが、それでも年々、風水害や腐食による老朽化が進んだために、天保七年（一八三六）の秋、橋脚だけを残して、橋げたや橋板、欄干を全面的に取り替えるという、大がかりな改修普請に着手、翌年（天保八年）の四月に工事は完了した。

それからわずか一カ月後に、橋の崩落事故が起きたのである。

事態を重くみた幕府は、事故の原因調査と普請担当者の責任追及に乗り出した。

その結果、普請改役・香月桂一郎が引いた改修工事の図面そのものに、決定的な誤りがあったことが判明。上役から責任を追及された香月は、その責めを負って自宅の裏庭で腹を切って果てたのである。

桂一郎の死によって、香月家の家名は断絶。組屋敷を追われた妻の妙と娘の園江は、通旅籠町の小さな貸家にひっそりと移り住んだ。

当時、園江は十五歳だった。母親の妙は、母娘ふたりの生計を支えるために、わずかな家財や着物を売った金で小間物屋をはじめたのだが……。

慣れぬ町屋暮らしの心労と、仕事の無理がたたって五年後の夏、すなわち今年（天保十三年）の六月、肝ノ臓をわずらってあっけなくこの世を去ってしまった。

いまわのきわに、妙は、

「おまえにはいらぬ心配をかけまいと、いままで隠し通してきましたが——」

意外な事実を、お紺に打ち明けた。父・桂一郎の遺書が仏壇の小抽出し（こひきだし）の中に仕舞ってあるというのである。そして、さらに、

「父上は――、濡れ衣を着せられたのです」

息も絶え絶えにそういうと、妙は眠るように息を引き取った。

悲しみに打ちひしがれながら、お紺は仏壇の小抽出しの中から、三つ折りの書状を取り出して広げて見た。

両国橋崩落事故の儀
精々念入りに調べ候処
小生の図面に一点の過誤も越度も之無く候

との書き出しではじまるその遺書には、驚愕すべき事実が記されていた。

五年前のあの事故は、桂一郎の図面の過誤ではなく、桂一郎に事故の責任を押しつけるために、二人の朋輩が図面を改ざんした、というのである。遺書の末尾にはその二人の名も明記されていた。

普請改役・倉田彦八郎。
同役・藤井十左衛門。

である。

（そうか――）

お紺の口からその二人の名を聞いたとたん、直次郎の脳裏に、先日、小夜から聞いた話が卒然とよぎった。

伊勢堀の道浄橋のちかくで、幕府の普請方が殺された事件である。その武士が倉田彦八郎だった。翌朝、目付衆が現場に出張ってきて付近を探索したところ、伊勢堀の下流の荒布橋の下で、さらにもう一人、五十がらみの男の死体が見つかったという。

倉田を殺したのは、たぶんその男ではないかと、小夜はいっていた。

「ひょっとして」

直次郎の目がきらりと光った。

「倉田彦八郎を殺ったのは、与兵衛じゃねえのかい？」

おどろく様子もなく、お紺はうつろに笑った。

「さすがですね」

「香月家の下僕だったそうだな」

「ええ」

とうなずいて、お紺が話をつづける。

与兵衛は、香月家に三十余年つかえてきた忠僕だった。香月家が改易になったあと、両国薬研堀の料亭に住み込み奉公に入り、板場の下働きをしていると母から聞かされていたが、この五年間、お紺は一度も与兵衛に会ったことがなかった。

ところが、どこで聞いたものか、母親の妙が亡くなった数日後、その与兵衛が通旅籠町の家をひょっこりたずねてきて、

「生前、奥方さまには一方ならぬお世話になりました。何のご恩返しもできませんでしたが、せめて線香の一本もあげさせてもらいたいと思いまして」

律儀にも、焼香にきたのである。

そのとき、お紺は与兵衛にだけは父の自裁の真相を知っておいてもらいたいと、遺書にしたためられた一部始終を打ち明けて、

「父の無念を晴らすために、わたしはこの手で倉田彦八郎と藤井十左衛門を討つつもりです」

と復讐の決意を告白したのである。驚愕のあまり、与兵衛は絶句したまま、全身を烈しく打ちふるわせたが、ややあって、

「お嬢さま」

と悲壮な面持ちで向き直り、

「手前にも、仇討ちのお手伝いをさせてくださいまし」

「与兵衛さん——いえ、それはなりません。これは与兵衛さんには関わりのないことなんですから。——気持ちだけをいただいておきます」

お紺がさとすような口調でそういうと、与兵衛はふいに畳に両手をついて、

「お嬢さま一人では、無理でございます。相手は男二人、それもれっきとした侍です。お嬢さまの身にもしものことがあれば、この与兵衛、亡きお殿さまと奥方さまに申しわけが立ちません」

「…………」

さすがに、お紺は返す言葉がなかった。冷静に考えてみれば、与兵衛のいいぶんはもっともなのである。武芸の心得のないお紺が、二人の侍に立ち向かっていっても、百に一つも勝ち目はないだろう。返り討ちにあうのが関の山である。

「手前も、もう五十の坂を越えました」

嗄れた声で、与兵衛がぼそりといった。

「老い先短いこの命、大恩あるお殿さまのご無念を晴らすためなら、よろこんで捧げたいと存じます」

「――与兵衛さん」

お紺は、声をつまらせた。

「なにとぞ、――なにとぞ！」

必死に懇願する与兵衛の姿を見て、お紺は心を動かされた。三十余年間、忠義一筋に香月家につかえてきたこの老僕なら、かならず父の無念を晴らしてくれるにちがいない。お紺はそう信じたのである。

それから数日後……。

お紺は通旅籠町の家から、神田松田町の小さな貸家に家移りし、母の妙が爪に火をともすようにしてたくわえた二十両の金を元手に、浜町河岸の橘町に空き店を見つけて、小料理屋『笹ノ屋』を開業したのである。これは薬研堀の料亭で板場の下働きをしていた、与兵衛の発案によるものだった。

飲み食いを商う店なら日銭が入ってくるし、昼間は自由に動くことができる。そして何よりも、二人が武家の出であることを隠すための恰好の隠れ蓑になるからである。

表向きは与兵衛を『笹ノ屋』のあるじ、お紺はそこで働く酌女――という触れ込みにして、二人はひそかに倉田彦八郎と藤井十左衛門の身辺を探りはじめた。

その結果、倉田彦八郎が日本橋堀江町の妾(めかけ)の家に通う日取りを突き止めた与兵衛は、道浄橋のちかくで妾宅(しょうたく)帰りの倉田を待ち伏せし、首尾よくこれを討ち果たしたのだが……。

「そのあとのことは――」

ふいに、お紺は目頭を押さえて、声をふるわせた。

「仙波さまがご存じのとおりです」

「与兵衛も返り討ちにあったというわけか」

「与兵衛さんは――、わたしにとって、たった一人の――」

心のようすが、とでもいいたかったのだろう。だが、その言葉は声にならず、かすかな嗚咽(おえつ)に変わっていた。

「つまり」

呑みほした猪口をコトリと盆の上において、

「その与兵衛に代わって、おれに藤井十左衛門を討たせようって魂胆(はら)か」

直次郎がそういうと、お紺は目元ににじんだ涙を指先でぬぐいながら、気を取り直すように顔をあげて、

「仙波さまの腕を見込んでのお願いなんです」

「う、まァ——」

あいまいにうなずきながら、直次郎は思案顔であごの不精ひげをぞろりとなでた。お紺の身の上話を聞いてしまったからには、もはやあとには引けない気持ちになっていた。

「できねえ相談じゃねえが」

「請けてもらえますか」

「おれとおめえは、他人の仲じゃねえ。それに、おめえには弱みもにぎられている。断るわけにはいかねえだろう」

「では」

「仕事は請ける。——請けるが、殺しに男と女の情をからめるのは禁物だ。それなりの礼はしてもらうぜ」

「もとより、ただでお願いしようとは思っておりません」

お紺は、ふところから五枚の小判を取り出して、直次郎の膝前においた。

「あいにく、これしか手持ちはありませんが」

「五両か」

「不足ですか」

「いや、十分だ」

五枚の小判をわしづかみにして、ふところにねじ込むと、

「刀を返してもらおうか」

直次郎はゆったりと腰をあげた。お紺がすかさず隣室から大小を持ってくる。

それを受け取り、

「三日――、いや四日待ってくれ。それまでにかならず藤井を討ち取ってくる」

いいおいて、直次郎は大股に部屋を出ていった。

4

「仇討ちか――」

夜道を歩きながら、直次郎はぽつりとつぶやいた。

お紺の依頼を引き受けたものの、この仕事を独断でやるべきかどうか、直次郎は内心迷っていた。情を断ち切るために、あえてお紺から〝仕事料〟を取ったことが、事態を複雑にしていたのである。

どんな事情があろうと、「闇の殺し人」は個人で仕事を請けてはならない。そ

れが暗黙の掟である。個人個人が勝手に仕事を請けるようになったら、組織はかならず破綻する。それを考えると、やはり、

（元締めに話を通しておいたほうがいいだろう）

という結論に帰着せざるを得ないのである。

小半刻後、直次郎は永代橋の上を歩いていた。

橋の中ほどにさしかかったところで、ぽつりぽつりと雨つぶが落ちてきた。

直次郎は頭上に手をかざして、分厚い雲におおわれた夜空をうらめしげに見上げると、チッと舌打ちして小走りに永代橋を駆けわたった。

闇稼業の元締め・寺沢弥五左衛門の家は、深川堀川町の裏路地にある。

周囲に黒文字垣をめぐらした小粋な仕舞屋である。網代門をくぐって玄関の前に立ち、

「ごめん」

と中に声をかけると、奥から、

「どなたかな？」

低い声が返ってきた。

「仙波です」

「おう、仙波さんか」

手燭を持って奥から出てきたのは、五十年配の頤の張った男だった。

髪は総髪、鳶茶の十徳を羽織り、仙台平の袴をはいた町儒者のような風体の男である。一見したところ、とても「闇の殺し人」の元締めとは思えない温厚な顔をしている。

「どうぞ、おあがりください」

おだやかな笑みを浮かべて、弥五左衛門が奥の部屋に直次郎を案内した。

六畳の部屋に文机が一つ、その周囲には書物が山と積まれている。直次郎に座布団をすすめると、弥五左衛門は文机の前に腰をおろし、

「で、御用向きというのは？」

「じつは——」

直次郎は気まずそうに頭をかきながら、

「ある女から、仕事を頼まれましてね」

「ほう」

「お紺という女です。もともとは武家の出で、本名は香月園江だそうです」

「香月？」

「五年前、両国橋の橋げたが落ちた事故を、元締めはご存じで？」

「もちろん知っています」

五年前――すなわち天保八年（一八三七）という年は、弥五左衛門にとって、忘れられない年であった。

「わたしの著書が発禁処分になったのも、あの年ですからね」

そういって、弥五左衛門はほろ苦く笑った。じつはこの男、本名を寺門静軒といい、江戸で大評判をとった随筆『江戸繁昌記』の著者なのである。その『江戸繁昌記』が、

「市中の風俗俚言を著した敗俗之書」

である、と指弾されて発禁処分となったのが、ちょうど五年前のいまごろだった。

『江戸繁昌記』を、というより著述者・寺門静軒を槍玉にあげたのは、南町奉行・鳥居耀蔵の実父で、幕府の文教をつかさどる林大学頭述斎である。

そうした幕府のきびしい弾圧と迫害にも屈せず、静軒はその後も執筆活動をつづけたため、ついに「武家奉公御構」となって江戸を追われ、消息を断った。

巷には武州や上州方面に逃れたとか、越後・信州を流浪しているとか、

さまざまな風説が流れたが、じつは、寺沢弥五左衛門の変名を使って、ひそかに深川に隠棲していたのである。

静軒が消息を断ったあとも、発禁書である『江戸繁昌記』は幕府の取り締まりの目をくぐってひそかに地下出版され、版を重ねて明治まで刊行された。

その巨額の稿料が寺沢弥五左衛門こと、寺門静軒の潤沢な資金元となり、「闇の殺し人」たちの仕事料にあてられていたのである。

「香月というと――」

五年前の記憶をたどるように、弥五左衛門は宙に目をすえた。

「あの事故の責任を負って自裁なされた、公儀普請方の名も香月だったと記憶しておりますが」

「頼み人は、その香月の一人娘です」

そういうと、直次郎はお紺から聞いた話を、巨細もれなく弥五左衛門に打ち明け、

「勝手にその仕事を請けてきましたが、掟破りになっちゃいけないと思いましてね。あらためて元締めからご指示をあおぎたいと――」

ふところから五枚の小判を取り出して、文机の上においた。

「これが仕事料です」

「わかりました」

弥五左衛門は、文机におかれた五枚の小判のうち三枚を取りあげて、

「その仕事やっていただきましょう。ただし仕事料は三両。残りの二両は調べ料に使わせていただきます」

「調べ料？」

「仙波さんの話に、ほぼまちがいはないと思いますが、念のために半次郎に裏を取らせます。二両の金子はその費用です。異存はございませんね」

「もとより」

うなずくと、直次郎はぬっと手を伸ばして、文机の上の三枚の小判をつかみあげ、ふところにねじ込んだ。

「降ってきましたな」

弥五左衛門がぽつりといった。

「雨です」

「ああ」

屋根を叩く雨音が聞こえてくる。弥五左衛門が腰をあげた。

「傘をお持ちになったほうがいいでしょう」

柳橋の船宿『卯月』に、直次郎が姿をあらわしたのは、それから二日後の夜だった。

応対に出た女将のお勢が、皮肉たっぷりに、

「あら、旦那、うちの店なんか、とうにお見かぎりかと思いましたよ」

といって、二階座敷に案内した。直次郎の記憶にまちがいがなければ、最後にこの店にきたのは先月の二十五日ごろである。半月あまりの無沙汰だから、お勢に皮肉をいわれても仕方がないだろう。

運ばれてきた酒を手酌で呑んでいると、ほどなく階段にあわただしい足音がひびいて、いきなり襖ががらりと引き開けられた。

「旦那！」

女が柳眉を逆立て立っている。なじみの芸者・お艶である。

「よう、お艶。ひさしぶりだな」

「ふん」

と鼻を鳴らして、お艶は直次郎の前にどすんと腰をおろした。

「ひさしぶりなんて挨拶は、四日や五日のご無沙汰に使う言葉なんですよ。ひと月も不義理をしておいて、何がひさしぶりですか」

さすがは柳橋の羽織り芸者である。うらみつらみの台詞も威勢がいい。

「そうか。もうひと月になるか」

「あたしをほったらかしにして、どこに入りびたっていたんですか」

「いろいろと野暮用があってな」

「ね、旦那、本当のことをいってくださいな」

「本当のこと?」

「よそに女ができたんでしょ?」

「馬鹿なことをいうな」

直次郎は一笑に付したが、お艶は大真面目である。

「隠したって、ちゃんとわかってるんですから。いえ、あたしはべつに、悋気してるわけじゃないんですよ。それはそれで大いに結構。正直にいってくれれば、旦那の一人や二人、こっちから熨斗つけてその女にくれてやりますよ」

「ま、ま、そうとんがらずに。――おめえも一杯どうだい」

なだめながら、猪口を差し出すと、

「ねえ、旦那」

一変して、お艶は甘えるように直次郎の肩にしなだれかかってきた。

「よその女に気を移すのもいいけど、本気だけはやめてくださいね」

「おれは、浮気も本気も金輪際(こんりんざい)したことがねえ。女はおめえ一本槍(いっぽんやり)さ」

「ほんと？」

「本当だ」

「うれしい！」

いきなり、直次郎の首にしがみついてきた。勢いあまって、二人は折り重なるように畳にころがった。体を重ねたまま、お艶はむさぼるように直次郎の口を吸った。直次郎はされるがままになっている。

ひとしきり口を吸い合ったあと、直次郎はお艶の体をやさしく離して起き上がり、

「ところで」

と、ささやくように話しかけた。お艶もゆっくり起き上がった。

「つぎの吉原帰りの舟は、いつごろもどってくるんだ？」

「小半刻（約三十分）前に出ていったから、おっつけもどってくると思いますけ

ど――、まさか旦那、吉原にくり出すつもりじゃないでしょうね」

「い、いや」

直次郎は、あわてて首を振った。

「役所の上役が吉原に遊びに行ってるんだ。こんなところでバッタリ出くわしたら、都合が悪いからな」

といいつつ、障子窓をわずかに開けて、気がかりな目で表を見た。闇の向こうに船着場の桟橋が見える。その船着場が吉原通いの猪牙舟の発着所になっている。

じつはこの日の夕刻、直次郎は藤井十左衛門の屋敷に出入りしている御用聞きから、藤井がお忍びで吉原に向かうという情報を得たのである。

藤井の帰りは五ツ(午後八時)ごろになるという。その時刻を見計らって、直次郎は『卯月』にやってきたのだ。

「旦那って、見かけによらず気が小さいんですね」

猪口をかたむけながら、お艶は皮肉な口調でいった。

「仕方がねえさ。すまじきものは宮仕えってな」

「上役のことなんか忘れて、ささ、呑みましょう」

お艶が屈託なく笑って、直次郎の猪口に酒をついだ。

5

お艶と酒を酌みかわしながらも、直次郎は研ぎすました神気を両耳に傾注させて、船着場の気配を探っていた。いつもより、酒はやや控えめにしていたが、それでもすでに三本の徳利が空いていた。

「ねえ、旦那」

お艶が空になった徳利を指先でつまんで、ぶらぶらと振っている。

「お代わり、頼みます?」

「ああ、あと二、三本もらおうか」

「じゃ」

と、お艶が立ち上がって部屋を出ていった。

そのときである。

直次郎はかすかな櫓音を聞いた。すかさず窓ぎわに飛んで、障子窓を開けて見た。神田川の暗い川面に、吉原帰りの猪牙舟の舟提灯の明かりがポツンと浮かんでいる。

（あれにちがいねえ）

障子窓をスッと閉めると、直次郎は大小を腰に差して、部屋を出た。

案配の悪いことに、階段を下りたところで、女将のお勢とばったり鉢合わせしてしまった。「あら」という顔で、お勢は足をとめ、

「もうお帰りですか」

「い、いや、厠だ。厠――」

「外は暗いので、お気をつけて」

怪しむ様子もなく、お勢はにっこり笑って立ち去った。『卯月』の厠は、一階の中廊下の奥の戸を引き開けて、いったん外に出たところにある。

直次郎はそっと戸を引き開けて、厠用の下駄をはき、表に出た。

厠のわきに船着場につづく小径がある。その小径をたどり、船着場の手前の柳の老樹の陰に身をひそめて、直次郎はじっと闇に目を据えた。

猪牙舟の舟提灯の明かりがしだいに近づいてくる。

ひたひたと水音を立てながら、猪牙舟が桟橋に着いた。

「お客さん、着きましたよ」

船頭の声を受けて、胴の間から黒い人影がむっくりと立ち上がった。

直次郎は、きのう帰宅途中の藤井十左衛門の面体を確認している。舟提灯のほの暗い明かりに浮かびあがった人影は、まぎれもなくその藤井十左衛門であった。

船頭に舟賃をわたして、藤井が桟橋に降り立つと、猪牙舟はふたたび櫓音を立てて闇の深みに消えていった。

〽待ちわびて
　寝るともなしに　まどろみし
　枕に通う鐘ごとも
　夢かうつつか　うつつか夢か

鼻唄を口ずさみながら、ほろ酔い機嫌の藤井が船着場の石段をあがってくる。

その前に、うっそりと直次郎が立ちはだかった。

「な、なんだ、貴様は」

思わず足をとめて、藤井が険しい顔で誰何した。

「あんたは悪い男だ」

「なに！」

「香月桂一郎さんが、三途の川の向こう岸で待ってますぜ」

「貴様――」

藤井がすごい形相でにらみ返した。

「見たところ、町方役人のようだが、口のきき方に気をつけるんだな。めったなことをいうとただではすまんぞ」

「八丁堀というのは、表の顔でしてね。じつは、わたし闇の殺し人なんですよ」

「や、闇の殺し人！」

「おまえさんの命をもらいにきたのさ」

「お、おのれ！」

藤井の手が刀の柄にかかった。が、それより迅く、
しゃっ！

直次郎の刀が鞘走っていた。瞬息の心抜流居合抜きである。

藤井の胸元からバッと血煙が舞いあがり、上体をよじらせて前のめりに倒れ込むと、丸太のように石段をころがり落ちていった。

直次郎は、刀の血ぶりをして鞘におさめながら、冷ややかにそのさまを見ている。

石段をころがり落ちていった藤井の体は、さらに加速をつけて桟橋の上をころがり、川に転落していった。

水音とともに、神田川の川面に血染めの波紋がひろがり、その波紋の中にぽっかり浮かびあがった藤井の死体が、ゆらゆらとただようように流されていった。

それを見届けると、直次郎は何事もなかったように背を返して立ち去った。

『卯月』の二階座敷にもどるなり、

「ずいぶんとごゆっくりでしたこと。まさかお隣さんまで厠を借りに行ったんじゃないでしょうね」

お艶が揶揄するようにいった。

「ちょっと、腹の具合がおかしくなってな」

「お腹が冷えたんじゃないですか」

「かもしれねえ」

わざとらしく下腹を押さえながら、直次郎は膳の前に腰をおろした。

「これを呑めば温まりますよ。さ、どうぞ」

と酌をしながら、

「今夜はとことん付き合ってもらいますからね」

色っぽい流し目で、お艶がささやくようにいった。


翌日の昼……。

深川門前仲町の料亭『磯松』の二階座敷で、上総屋傳兵衛と猫目の源蔵が中食の膳部を前にして、何やらひそひそと話し込んでいた。

「今朝方、神田川の下流で、木挽町の御前さまの配下が死体で見つかりましてね」

眉宇をよせて傳兵衛がいった。「木挽町の御前さま」とは、いうまでもなく幕府の普請奉行・時岡庄左衛門のことである。

「誰かに殺されたんか」

「ええ、胸を一太刀で斬られていたそうです」

「それで？」

「辻斬りや物盗りではない、明らかに恨みを持つ者の仕業だ、と御前さまはおっしゃってるんです」

「恨み——？」

「じつは、以前にも御前さまの配下の倉田彦八郎さまが、日本橋の伊勢堀のちかくで何者かに殺されているんです。これは決して偶然ではありません」

「ほなら、下手人はその二人に恨みを持つ者ってことになるやろ」

「ええ、御前さまは思い当たる節があるとおっしゃってました」

今朝はやく、傳兵衛は時岡に呼ばれて木挽町の屋敷をたずねた。そこで時岡から五年前の香月桂一郎の自裁の真相を聞かされ、内密の相談を持ちかけられたのである。

「倉田と藤井に恨みを持つ者がいるとすれば、香月桂一郎の遺族しか考えられぬ。もっとも香月の遺族は、妻女の妙と娘の園江しかおらぬが、その二人が刺客を雇って倉田と藤井を殺したと考えれば平仄が合う。すまぬが上総屋、その二人を探し出してひそかに始末してもらえぬか」

というのが、相談の内容である。

「つまり、それをわしにやれと——？」

箸を運びながら、源蔵がすくい上げるような目で傳兵衛を見た。

「いえ、いま源蔵さんが動いたら危のうございます。お知恵だけでも拝借できればと思いまして」

「わかった。木挽町の御前さまには借りがあるさかい、その仕事、わしが請けたるわ」

「やっていただけますか」

「わしが動かんでも、江戸には金で動く連中がぎょうさんいるよってな。ま、わしにまかしとき」

「ありがとうございます」

傳兵衛が深々と頭を下げた。

中食をおえて傳兵衛と別れたあと、源蔵は門前仲町の西はずれの横丁に足を向けた。

通称「西念寺横丁(さいねんじよこちょう)」。小さな呑み屋や煮売屋、一膳めし屋、立ち呑みの酒屋などがひしめく薄暗い横丁に、昼間から酒の臭いをただよわせた破落戸(ごろつき)や、垢(あか)じみた浪人者が、ごろごろとたむろしている。

源蔵のいう「金で動く連中」とは、彼らのことを指していたのである。

「旦那、人をお探しですかい？」

源蔵が横丁に足を踏みいれたとたん、すかさず地廻(じまわ)りふうの男が声をかけてきた。

「鼻の利く男一人と、腕の立つ浪人を三人ばかり集めてくれへんか」

「承知しやした」

にやりと嗤(わら)って、男がうなずいた。

第四章　騙し討ち

1

蒼白い月明かりが、冴えざえと降りそそいでいる。

夜になって急に冷え込んできたせいか、六ツ半（午後七時）をまわったばかりだというのに、いつもより町を往来する人の姿は少なく、盛り場も閑散としていた。

人影の絶えた神田松田町の路地を、小わきに湯桶をかかえ、一方の手に一升徳利を提げたお紺が、からからと駒下駄を鳴らして足早に歩いてゆく。

（今夜あたり、仙波さまがたずねてくるかもしれない）

そう思って、湯屋に行った帰りに、近くの酒屋で量り売りの酒を買って家にもどるところだった。

仙波直次郎は、四日のうちにかならず藤井十左衛門を討ち取るといっていたが、その四日がすぎて、今夜は五日目の夜である。直次郎が首尾よく藤井を討ち取ったとすれば、そろそろ今夜あたりその結果を知らせにきてくれるはずだ。

母の妙が他界して三月、長いようで短い三カ月だった。ようやくこれで父の無念が晴らせるのだと思うと、お紺の胸に深い感懐がこみあげてきた。その一方で、

(自分にとって、この三月は何だったのだろう)

という空虚な思いもあった。

振り返ってみると、この三カ月間は、ただ「父の復仇」だけを目的に生きてきた毎日だった。両親に先立たれ、天涯孤独となったわが身を嘆き悲しむ余裕もなく、ひたすら憎悪と復讐の念に燃えて生きてきただけだった。

だが、その目的をとげたあと、自分にはいったい何が残されるのか。そして、これから先、何をよすがに生きていけばいいのか。

お紺は、いいしれぬ孤独感に襲われた。

江戸には、頼るべき身寄りも知人もいない。女ひとりで江戸で生きてゆくのは並みたいていのことではない。それは、生前の母の苦労が如実に示している。

——江戸を出よう。

お紺は、卒然とそう思った。母方の叔母が相州小田原の城下で旅籠屋をいとなんでいると、母から聞いたことがある。その叔母をたずねていけば、働き口ぐらいは探してもらえるかもしれない。

あれこれと思案をめぐらせているうちに、家に着いた。

引き戸を開けて中に入ると、お紺は湯桶と一升徳利を台所において居間に向かい、長火鉢のわきの丸行灯に灯をいれた。

ぽっ、と淡い明かりが闇に散った。その瞬間、

（あっ）

お紺の顔が凍りついた。

部屋のすみに薄汚れた三人の浪人が、あぐらをかいて座り込んでいる。いずれも山犬のようにすさみ切った浪人者である。

「な、なんですか、あなた方は！」

お紺が悲鳴のような声をあげた。

「待ってたぜ、お紺さん」

一人がにやりと嗤って立ち上がった。髭の濃い、酷薄そうな面貌の浪人である。それにつづいて二人の浪人も腰をあげた。

「出ていって！　すぐに出ていってください！」

「そうはいかん。おまえを殺すように、ある男から頼まれたのでな」

「わたしを──殺す？」

「しかし、殺すにはもったいない女だ」

もう一人の浪人がずいと歩を踏み出し、いきなりお紺の腕をとって引き寄せた。右瞼が刀疵でふさがっている。隻眼の浪人である。

「その前に楽しませてもらおうか」

「は、離して！　乱暴はやめてください！」

必死に身をもがくお紺を、隻眼の浪人が羽交締めにし、その間に髭の浪人が手早く帯を、もう一人の狸のような丸顔の浪人が着物を引き剝いだ。下は緋色の長襦袢である。

「や、やめて！　お願いですから、やめてください！」

「ふふ、たまらんな。女の長襦袢姿は」

丸顔の浪人が好色な笑みを浮かべた。

「それより、わしは体が見たい」

いいざま、髭の浪人が長襦袢のしごきをほどき、荒々しく引き剝いた。白い、ゆたかな乳房があらわになる。下は白綸子の二布（腰巻）一枚である。

お紺を羽交締めにしながら、隻眼の浪人が背後から手をまわして、片方の乳房をわしづかみにして揉みしだく。

「あっ！」

お紺の口から小さな叫びが洩れた。髭の浪人が二布を剝ぎとったのである。

透き通るように白い肌、ゆたかな乳房、くびれた胴、肉おきのいい腰、そして股間に茂る一叢の秘毛。——文字どおり、一糸まとわぬ全裸である。

「さて、誰が一番手だ？」

お紺の裸身に、なめるような視線を這わせながら、髭の浪人がいった。

「わしはあとでいい。おぬしが先にいけ」

応えたのは、お紺を羽交締めにしている隻眼の浪人である。

「よし」

と、うなずくと、髭の浪人はもどかしげに袴を脱ぎ捨て、着物をまくりあげて下帯をはずした。股間に黒光りする一物が隆々とそり返っている。

それを見て、丸顔の浪人が、やおらお紺の左足首をつかんで高々と持ちあげた。股間があらわになり、秘毛の奥の切れ込みが、髭の浪人の眼前にさらされた。

「や、やめて。それだけは――、やめてください」

思わず目を閉じて、お紺は哀願するように叫んだ。白い肌が、羞恥で薄桃色に染まっている。

片足を持ち上げられて、あらわになったお紺の秘孔に、髭の浪人が怒張した一物をひとしごきして、まさに突き入れようとした、そのときである。

がらり。

濡れ縁の障子が引き開けられ、黒影が立った。

三人がギョッとなって振り返った。濡れ縁に直次郎が仁王立ちしている。

「な、なんだ、貴様！」

「なんでもねえ。見たとおりの町方だ。その女を放してやれ」

「黙れ！　不浄役人が」

抜刀と同時に斬り込んできたのは、丸顔の浪人だった。上段からの斬撃である。

刃うなりをあげて刀が振り下ろされたが、そこに直次郎の姿はなかった。刀が飛んできた瞬間、身を沈めて横っ跳びにかわし、
しゃっ。

下から抜きつけの一閃を放ったのである。

逆袈裟に薙ぎあげられた丸顔は、首すじから血を噴き出しながら前に突んのめり、音を立てて濡れ縁の外にころがり落ちていった。

「おのれ！」

隻眼と髭の浪人が、ほとんど同時に斬りかかってきた。直次郎は濡れ縁を蹴って、庭に跳び下りた。それを追って、二人も跳んだ。

直次郎は、右半身にかまえて剣尖を地面に向けた。

「後の先」を取るためのわきがまえである。

隻眼の浪人が足をすりながら左に、髭の浪人が右にまわり込んで刀を中段につけた。この男は下帯も袴もつけていない。つける暇がなかったのだ。着物の前がだらしなくはだけている。

二人の浪人と直次郎の間合いは、それぞれ一足一刀、すなわち一歩踏みこめば

刀が届く距離である。

にらみ合ったまま、少時、無言の対峙がつづいた。

「死ね！」

先に動いたのは、隻眼の浪人だった。腕に覚えがあるのだろう。それなりに太刀ゆきも速く、剣尖に気迫がこもっていたが、直次郎はわずかに上体をそらしただけで、それをかわしている。いわゆる「五寸の見切り」である。

かわされた隻眼の浪人は、たたらを踏んで前にのめった。そこをすかさず背後にまわり込んで袈裟がけに斬り下ろす。血潮をまき散らして浪人は声もなく倒れ伏した。

すぐさま、直次郎は体を反転させて、身がまえた。

髭の浪人が叩きつけるような一刀を送ってきた。それを峰で受けた。

キーン！

思いのほか膂力がつよい。手がしびれるほどの強烈な斬撃である。刀をはねあげると同時に、直次郎は膝を屈して、横殴りに刀を払った。手応えがあった。

刀刃が髭の浪人の脇腹を深々と裂いていた。切り裂かれた着物の下から、むき出しの下半身が見えている。股間に血まみれの一物がぶら下がっている。

「うう、うおーッ」

けだもののような咆哮を発して、髭の浪人は仰向けにころがった。

鍔音を立てて、刀を納めると、直次郎はひらりと身を返して、部屋に駆け上がった。

全裸のお紺が、両手で胸と下腹を隠しながら、部屋のすみにうずくまっている。

「怪我はないか」

「は、はい」

「さ、早く、着物を着るんだ」

そういって、直次郎は視線を避けるように背を向けた。

お紺は、畳の上に散らばっている二布や長襦袢、着物、帯などを拾い集めて、手早く身づくろいをすると、背を向けている直次郎の前にまわり込んで、

「ありがとうございました。おかげで助かりました」

深々と頭を下げた。

「あの連中、いきなり部屋に押し入ってきたのか」

「いえ、わたしが湯屋に行っているあいだに忍び込んだのです」

恐怖冷めやらぬ顔で、お紺が応えた。声もかすかにふるえている。

「初手から悪さをするつもりだったんだな」

「それだけではありません。あの人たちは、わたしを殺すつもりだったんです」

「おめえを殺す？」

「浪人の一人がいってました。ある人に頼まれて殺しにきたと――」

「そうか」

直次郎の表情が険しく曇った。ちょっと思案したのち、ぼそりとつぶやいた。

「このまま、おとなしく手を引くとは思えねえな」

「誰のことですか」

「その〝ある人〟とやらだ。――おめえは、この家を出たほうがよさそうだぜ」

「ここを出てどこへ？」

「それを考える前に、やらなきゃならねえことがある」

いうなり、直次郎は羽織を脱ぎ捨てて、畳をはがしはじめた。部屋のすみに立って、お紺がけげんそうな目で見守っている。

畳三枚をはがしたところで、直次郎は庭に下りて、三人の浪人の死体をつぎつぎに部屋に運び込んで床下に投げ込んだ。そして、ふたたび三枚の畳をもとにもどし、床をふさぐ。

「こうしておけば、しばらくは気づかれる心配はねえだろう」

「…………」

「おめえがこの家から姿を消しちまえば、その〝ある人〟とやらは、もくろみどおり、三人の浪人がおめえを殺してどこかにずらかったと思うにちがいねえ」

まだその意味が理解できないらしく、お紺はけげんそうに立ちつくしている。

「さ、はやく支度をするんだ」

直次郎が羽織の袖に腕を通しながら、急き立てるようにいった。

「は、はい」

はじけるように身をひるがえして寝間の襖を引き開け、お紺は手早く身のまわりの品をまとめはじめた。

2

湯で割った焼酎を、茶碗に二杯ばかり呑んで、万蔵が床にもぐり込もうとしたとき、勝手口の戸をホトホトと叩く音を聞いた。

こんな時分に誰だろう、と不審に思いながら、台所の土間に下りて勝手口のかんぬきをはずし、戸を引き開けると、表の暗がりに二つの影が立っていた。

「旦那――」

影の一つは、直次郎である。

「夜分、すまねえな。ちょっといいか?」

「へい」

直次郎の背後に立っているお紺を見て、万蔵はすぐに二人の来意を察した。お紺の身に何か切迫した事態が起きたにちがいない。

二人を奥の部屋に案内すると、万蔵は台所にいって、火を落としたばかりの竈に粗朶をくべて火をおこし、薬罐の湯をわかして茶を淹れた。

「何もおかまいできやせんが、どうぞ」

直次郎は、差し出された茶をひとすすりして、

「おめえのことだから、もう察しがついてると思うが――」

と、お紺の過去にまつわる話やこれまでのいきさつ、そしてたった今、三人の浪人を斬り殺してきたことなどを、かいつまんで説明し、

「お紺はもうあの家にはもどれねえ。新しい住まいが見つかるまで、しばらくこ

こにおいてもらいてえんだが」

「ようございますとも」

万蔵は快諾した。申しわけなさそうに頭を下げるお紺に、直次郎が笑ってみせた。

「この男は万蔵といってな。おれの昔からの仲間だ。遠慮はいらねえさ」

「ありがとうございます」

「ところで」

と、呑み終えた湯呑みを盆において、

「どうやら、おめえの父親を罠にはめたのは、倉田彦八郎と藤井十左衛門の二人だけじゃなさそうだぜ」

「と申しますと？」

お紺がいぶかしげに訊き返す。

「少なくとも、もう一人いる。さっきの浪人どもを雇った男だ」

「でも、父の遺書にしたためられていたのは——」

その二人だけでした、と消え入りそうな声で、お紺がいった。

「黒幕の正体が見えなかっただけさ」

倉田と藤井が殺されたことで、その黒幕は自分の身に復仇の手がおよぶのを恐れ、三人の浪人を雇って、禍(わざわ)いの芽を摘み取ろうとしたにちがいない、と直次郎は推断した。

「香月桂一郎の身内は、娘のおめえしかいねえからな。そこまで読めば、おめえの居所を調べるのは、そうむずかしいことじゃねえ」

現に、万蔵もお紺の居所を突き止めている。物問いたげに見返すお紺に、

「お紺」

直次郎が向き直った。

「そいつを殺(や)らねえことには、仇討ちは終わったことにならねえぜ」

「でも、いったいどうすれば、その男を——」

お紺は困惑げにかぶりを振った。

「乗りかかった船だ。おれが手を貸してやる」

直次郎がそういうと、すかさず万蔵も、

「およばずながら、あっしもお手伝いいたしやしょう」

「…………」

お紺は声をつまらせた。切れ長な大きな眸(め)をうるませ、畳に両手をついて二人

に深々と頭を下げた。それがお紺の精一杯の感謝の意思表示だった。

帰りがけに直次郎は、目顔で万蔵を勝手口の外にうながし、

「あの女のことは、元締めにも話が通っている。よろしく頼んだぜ」

といいおき、小粒二個を手わたして立ち去った。


北町奉行所の表門を出たとき、佐川陽之介は背後に小砂利を踏む音を聞いた。

振り返ると、若い同心と四十年配の小柄な岡っ引が小走りに駆けつけてきた。

先日、井沢欣次郎の後任として、見習い同心から定町廻りに抜擢されたばかりの菊地健吾と、上野下谷界隈を縄張りに持つ岡っ引の辰五郎、通称「三橋の辰」である。

「健吾、何かわかったか」

佐川が声をかけた。

「はい」

息をはずませて、健吾が足をとめた。

「上野池之端仲町の長屋に、ひと月ほど前から寅八という名の流れ者が住み着いていると差口（密告）がありました」

「そうか。よし、直接そいつに当たってみよう」

「あっしがご案内いたしやす」

辰五郎が先に立って歩き出した。そのあとに佐川と健吾がつく。

大島と井沢が殺害されてから、佐川陽之介は〝猫目一味〟の探索にさらなる執念を燃やし、廻り方や岡っ引、下っ引たちを総動員して、市中の長屋や貸家をしらみつぶしに当たらせていた。現代ふうにいえば、ローラー作戦である。

「江戸は諸国の吹き溜まり」

と、いわれるように、江戸の人口の大半は地方出身者で占められている。

地方出身者が江戸に定住する場合、長屋や貸家の家主（大家）がその者の素性を確認し、身元保証人になることが法で義務づけられていた。

しかし、家主の中には店子の素性はおろか、名前もろくに確かめずに、相場より高い賃料で店貸ししている者も少なくなかった。そうした違法な長屋や貸家が、犯罪者たちの温床になっていたのである。

寅八が住んでいるという池之端仲町の長屋も、その一つだった。

一般的な長屋は、幅六尺（約一・八メートル）の路地をはさんで、三軒ずつが棟つづきになって向かい合って建っているが、その長屋は路地幅も極端にせまく、間口六尺奥行き一間半（約二・七メートル）の部屋が四軒、背中合わせに並んでいる。いわゆる棟割り長屋だった。

「奥から二番目の部屋が野郎の住まいで」

長屋木戸をくぐりながら、辰五郎が奥を指さした。

「おれが声をかけたら警戒される。辰、おめえが先に行ってくれ」

「へい」

辰五郎を先に行かせて、佐川と健吾は手前で足をとめて様子をうかがった。

「ごめんよ」

腰高障子を引き開けて中に入っていった辰五郎が、すぐに飛び出してきて、

「いませんぜ」

といった。

「出かけてるのか」

「部屋ん中はもぬけのからです。ずらかったのかもしれやせん」

「どうやら、一足遅かったようだな」

佐川が苦々しくつぶやいた。

「今朝方までは、たしかにいたそうなんですが」

健吾の声も苦い。初手柄になると勇んできただけに、落胆の色は隠せなかった。

「念のために部屋の中を検めてみよう。何か手がかりが見つかるかもしれん」

と部屋に踏み込んでいく佐川に、健吾と辰五郎もつづいた。

いつの間にか、長屋木戸のまわりに人垣ができていた。近所の住人たちが何事かと様子を見に集まってきたのである。その人垣にまぎれ込んでいた頬かぶりの男が、佐川たちが長屋の中に入っていくのを見届けると、何食わぬ顔で足早に去っていった。

じつは、その男こそが寅八だったのだ。もっとも、寅八という名は世間をたばかるための変名で、本名は勘助。猫目の源蔵の手下の一人である。

勘助は、池之端仲町の路地をぬけて不忍池の池畔の道に出ると、頰かぶりをハラリとはずして、さらに歩度を速めて北に向かった。

不忍池の北西に、茅町という町屋がある。寛永五年（一六二八）に東叡山門前町として起立した町屋で、町名が示すとおり、往古はこのへん一帯が茅の原だったという。

茅町二丁目に升屋横丁と俚称される小路があり、その小路の一角に、数年前に豆腐屋を廃業して貸家になった古い家があった。

勘助は、その家の戸口で歩をとめて、すばやくあたりに視線をめぐらし、障子戸を引き開けて中に入った。

「兄貴」

と声をかけると、すぐに奥から、三十六、七の猪首の男が出てきた。源蔵の手下の長次である。昼寝をしていたらしく、腫れぼったい目をしている。

「勘助か、どうしたい？」

「とうとう町方に嗅ぎつけられやしたよ」

「なに」

長次が目をむいた。

「家に手がまわったのか」

「へい。すんでのところで逃げ出してきやした」

「誰かに跟けられやしなかっただろうな」

「その心配はありやせん。念のために廻り道をしてきやした」

「そうかい。――ま、あがんな」

あごをしゃくって勘助をうながし、長次は奥の部屋にとって返した。

「その後、おかしらから何か連絡は？」

腰を下ろすなり、勘助が訊いた。

「いや、為吉が死んだあと、一度会ったきりだ。そろそろつぎの仕事の段取りもつけなきゃならねえし、今日あたりおかしらに会いにいこうと思ってたところだ。おめえはしばらくここにいたほうがいいぜ」

「へい。ご厄介になりやす」

勘助は殊勝顔でぺこりと頭を下げた。


日暮れとともに、人出が増えはじめた深川門前仲町の通りを、猫目の源蔵が散策でもするような気楽な足取りで歩いていた。

四半刻（約三十分）ほど前、『上総屋』の使いの者が常磐町の家をたずねてきて、〝あるお方〟を引き合わせたいので、六ツ（午後六時）ごろ、門前仲町の料亭『磯松』にお越しいただきたい、と傳兵衛の言伝をもってきたのである。

〝あるお方〟とは、普請奉行・時岡庄左衛門の口ききで、北町奉行所の定町廻り・大島清五郎と井沢欣次郎を闇に屠った〝影の人物〟にちがいなかった。

その人物への謝礼を、傳兵衛が暗に要求していることも、源蔵には察しがついていた。

　門前仲町の通りをしばらくぶらついたあと、六ツ少し前に、源蔵は『磯松』の檜皮（ひわだ）門をくぐった。玄関に入ると、顔なじみの仲居が愛想よく出迎え、

「上総屋さんと時岡さまは、もうお見えになってますよ」

　といって、源蔵をいつもの二階座敷に案内した。

「お待ちしておりました。さっそくですが源蔵さん」

　源蔵が膳部の前に着座するなり、傳兵衛が身を乗り出して訊いた。

「先日、お願いした件は、どうなったでしょうか？」

「わしに抜かりはあらへん」

　したたかな笑みを浮かべて、源蔵は向かいの席の時岡庄左衛門に向き直った。

「御前さま、香月桂一郎の奥方は、三月（みつき）前に病死したそうでございます」

「そうか。――で、娘のほうは？」

「神田松田町の貸家住まいをしておりましたが、昨夜、三人の浪人者をその家に差し向けましたので、まちがいなく仕留めたのではないかと」

　今朝方、三人の浪人を手配した「西念寺横丁」の八十吉（やそきち）という地廻りに、神田松田町の貸家の様子を見に行かせたところ、昨夜からお紺が忽然（こつぜん）と姿を消してし

まい、家主の老夫婦がひどく心配していたという。

三人の浪人もお紺の家に向かったまま姿を消している。

彼らにはすでに手数料を払っているので、おそらく、お紺をどこかほかの場所におびき出して殺し、その足で江戸を出ていったのではないか、と八十吉はいった。

源蔵がそのことを二人に伝えると、

「それなら、十中、八九まちがいないでしょう」

と傳兵衛が満足そうな笑みを浮かべて、ちらりと時岡に目をやった。

「手間をかけたな、源蔵」

そういって、時岡も安堵するように顔をほころばせた。

「これで、わしも枕を高くして眠れる」

「お役に立てて何よりでございます」

「ささ、どうぞ」

傳兵衛が源蔵の盃に酒をつごうとしたとき、

「お客さまがお見えになりましたが」

と、襖越しに仲居の声がした。

「おう、ご到着なされたか」

時岡が顔をあげて「お通ししてくれ」と命じた。ほどなく襖が開いて、山岡頭巾で面をおおった大柄な武士が傲然と入ってきた。

傳兵衛がすかさず立ち上がり、酒席に案内する。武士は腰の差料を抜いて膳部の前に腰をすえると、おもむろに頭巾を解いて、時岡にかるく会釈した。

「わざわざお運びいただき、恐縮に存じます」

時岡も礼を返した。武士は火盗改役の佐久間将監である。歳は、時岡より二つ年長の五十二歳。時岡の姉が佐久間のもとに嫁いでいるので、二人は義理の兄弟ということになる。

「源蔵さん、こちら火盗改役の佐久間さまでございます」

傳兵衛がいった。

「ははっ」

緊張のあまり、源蔵は顔をこわばらせた。本来、火盗改と盗っ人は不倶戴天の仲、決して相容れることのない天敵同士である。源蔵が緊張するのもむりはなかった。

「お初にお目もじいたします。手前、源蔵と申します。このたびは大変お世話になりました。ありがとう存じます」

平伏しながら、ふところから袱紗包みを取り出して、佐久間の前に差し出した。中身は切餅八つ、二百両の大金である。佐久間は無言で袱紗包みを受け取ると、

「で、その後、町方の動きはどうだ」

ずけりと訊いた。

「それが、その、一向に探索の手がゆるむ気配は――」

「ないか」

「はい。今日も手前の手下の隠れ家に町方の手が入ったそうでございます」

その件は、昼間、長次から報告を受けていた。

「そうか」

うなずいて、佐久間はゆっくり酒杯を口に運び、

「もうひと押しだな」

と独語するように、低くつぶやいた。

3

その日の午後、万蔵は南本所番場町の家を出て、石原町に向かっていた。

お紺の仮住まいを探すためである。

直次郎から、お紺をしばらくあずかってくれと頼まれたものの、長い間、男所帯の気楽な暮らしをしてきた万蔵にとって、若い女との同居は、何かと気を遣うことが多いし、お紺のほうも見知らぬ中年男と一緒に暮らすのは気づまりだろうと思い、貸家探しを思い立ったのだ。

本所石原町は、周囲を武家屋敷に囲まれた閑静な町屋で、武家奉公の小者や中間のための貸家が多い。

番場町の路地をぬけて、土井能登守の屋敷前の広い通りに出たところで、

「あら、万蔵さん」

ふいに背後から声がかかった。振り返ってみると、大きな台箱を背負い、赤い前掛けをかけた女髪結いの小夜が、足早に歩み寄ってきた。

「よう、お小夜さんか」

「どちらへ？」

「いや、ちょっと、古着の買い出しに行こうと思ってな」

「万蔵さんのところをたずねようと思っていたんだけど、つい仕事が忙しくて」

「結構なことじゃねえか、忙しいのは」

「この間の話、どうなりました？」

「あ？」

「仙波の旦那に女ができたって話」

「ああ、あれか。あの女は行きつけの小料理屋の女だそうだ」

「旦那がそういったの？」

「うん」

「じゃ、信用できない」

「と思って、念のために裏を取ってみたが、まちがいなかった。もっともその小料理屋は店を畳んじまって、女もどっかに姿を消しちまったがな」

「そう」

小夜の顔にふっと笑みがにじんだ。

「お小夜さんが妬くほど、仙波の旦那はもてやしねえのさ」

万蔵が半畳を打つと、小夜はキッと目をつり上げて、

「あたしは妬いちゃいませんよ！」

「冗談、冗談。――じゃあな」

肩をすくめて、万蔵は小走りに駆け去った。そのうしろ姿が土井能登守の屋敷の築地塀の角に消えてゆくのを見届けると、

「ふん、なにさ」

憤然と踵を返して、小夜は忙しげにせかせかと歩き出した。

このところ小夜の仕事は大繁昌だった。

定まった場所に床（店）を持たない、いわゆる「廻り髪結い」は、早さだけが売り物の雑な髪結いばかりだが、小夜の仕事ぶりは床店の髪結いと変わらぬほどていねいで、料金も安かった。それが評判になって、顧客がうなぎのぼりに増えたのである。

小夜が向かったのは、本所北割下水にある二百石の旗本・高杉仁左衛門の屋敷だった。その屋敷の奥女中から髪結いの仕事を頼まれたのである。

門前にさしかかったところで、小夜はふと歩を止めて、前方に目をやった。

町方同心と初老の小柄な岡っ引が、こちらに向かって疾駆してくる。北町奉行

所の定町廻り同心・佐川陽之介と「三橋の辰」こと辰五郎だった。

小夜は、佐川の妻の髪を結うために八丁堀の組屋敷を何度かたずねたことがあり、夫の佐川とも一、二度顔を合わせている。だが、佐川のほうは小夜に気づいていなかった。

(捕物でもあるのかしら?)

と思いつつ、屋敷の門をくぐりかけた小夜のかたわらを、佐川と辰五郎が韋駄天走りに駆け抜けていった。

北割下水の東はずれに、無住の廃寺があった。

朽ち果てた山門の扁額に、かろうじて『龍仙寺』と読める。

「この寺にまちがいねえな」

山門の前で足をとめると、佐川は声を落として辰五郎に問いかけた。

「へい。ゆんべ庫裏の窓から明かりが洩れているのを見た者がおりやす」

「よし。踏み込んでみるか」

こんな荒れ寺に身をひそめている者がいるとすれば、何かしらうしろ暗い事情を持っている者にちがいない。あるいは、きのうの朝、上野池之端の長屋を逃げ出した寅八が、この寺を仮の宿にしたということも考えられる。

佐川は腰に差した朱房の十手を引き抜き、辰五郎をうながして山門をくぐった。

本堂に向かって、石畳の参道がまっすぐつづいている。

生い茂る杉の木立が陽差しを閉ざして、境内は夕暮れどきのように薄暗い。

佐川と辰五郎は、足音を消して石畳を踏みしめながら、ゆっくり歩をすすめた。

正面に本堂が見えた。屋根は青みどろに苔むし、瓦がはがれ、回廊の勾欄は腐れ落ちている。本堂の右奥に、これも廃屋同然の庫裏が見えた。

本堂の前まできたとき、佐川は、ただならぬ気配を感じて足をとめた。

殺気！

それも肌を突き刺すような刺々しい殺気である。用心深く十手をかまえ、四辺にするどい目をくばった。ふとその目が一点に止まった。

石灯籠の陰から、二人の武士がうっそりと姿をあらわしたのである。

「おぬしたちは――！」

思わず佐川の口から驚声が発せられた。二人の武士は、火盗改役与力・中尾軍蔵と配下の同心・塚田平助だった。

「ふふ、辰五郎、ご苦労だったな」

中尾が薄笑いを浮かべていった。その言葉を待っていたかのように、突然、辰五郎は身をひるがえして、参道のわきの老杉の陰に逃げ込んだ。

「そうか。——そういうことだったか」

うめくようにいって、佐川は持っていた十手を腰に差し、右手を刀の柄にかけた。

「大島と井沢を殺したのも、貴様たちの仕業だったか」

「佐川」

中尾がずいと歩を踏み出した。

「盗賊追捕の任は、われら火盗改の領分だ。北町が出すぎた真似をしなければ、大島も井沢も命を落とすことはなかったのだ」

といつのるのへ、

「いうな！」

火を噴くように、佐川が叫んだ。

「火盗は上から下まで腐り切っている。猫目の源蔵のような凶賊をはびこらせているのは、貴様たちではないか」

「口がすぎるぞ！　佐川」

塚田が一喝した。たじろぐ様子も見せず、佐川は皮肉に嗤っていった。

「どうやら組頭の佐久間将監も一枚嚙んでるようだな」

「だ、黙れ！」

「猫目の源蔵に金で面を張られたか」

「佐川、罵詈雑言もそれまでだ。死んでもらうぞ」

中尾が抜刀した。塚田も刀を鞘走らせ、じりじりと迫ってくる。

佐川は刀の柄に手をかけたまま、微動だにしない。

塚田が上段にかまえた。それを見て、佐川も抜刀した。下段である。

「死ね！」

叩きつけるような一刀が飛んできた。

佐川は下からはねあげて、右横に跳んで剣尖をかわした――かに見えたが、それは佐川を横に跳ばせるための見せ太刀、すなわち〝誘い〟だったのである。

佐川が跳んだ位置に中尾が迫っていた。

体勢を立てなおす間もなく、中尾の逆袈裟の一閃が佐川の胸を薙ぎあげた。大きくのけぞったところへ、塚田の二の太刀が飛んでくる。

ざくっ、と佐川の背中が石榴のように裂けて、血が奔出した。

朱泥をあびたように、全身を血に染めながら、佐川はなおも気力をふりしぼって、二人に斬りかかっていった。

中尾がいたぶるように佐川の剣尖をいなしながら、

「そろそろ楽にしてやるか」

いいざま、とどめの一撃を佐川の胸板にぶち込んだ。

ぐさっ。

と刀が鍔元まで埋まり、切っ先が背中に突き出した。前のめりになった佐川の体を押し返すようにして、中尾は刀を引きぬいた。どっと音を立てて、佐川は石畳の参道に仰向けにころがった。

おどろくべきことに、佐川はまだ生きていた。血まみれの手で石畳をかきむしりながら顔をあげ、阿修羅の形相でカッと二人をにらみつけると、

「外道め！」

一言、吐き捨てるように叫んで、突っ伏した。

中尾は刀を鞘におさめながら、冷ややかに佐川の死骸を見下ろして、

「しぶとい男だ」

鼻でせせら笑った。塚田が首をめぐらして参道わきの老杉の陰に声をかけた。

「終わったぞ。辰五郎」

老杉の陰から、おそるおそる歩み出てきた辰五郎に、

「これで、酒でも呑んでくれ」

と、中尾が小判を一枚手わたし、塚田をうながして足早に去っていった。

4

大島清五郎、井沢欣次郎につづく佐川陽之介の死は、さすがに南町奉行所にも少なからぬ衝撃を与えた。

事件から二日たったいまも、同心御用部屋では、その話題でもちきりだった。もっとも話題の大半は、死んだ三人への同情論ではなく、

「町方はつねに死と背中合わせだからな」

「おれたちだって、いつ同じ目にあうかわからん。明日はわが身だ」

「それにしても、北町の連中は手柄に走りすぎた。怨み(うら)を持つ者は山ほどいるだ

ろう」

「あの三人も手柄の数だけ怨みをしょっていたということだ」

「職務に精を出すのは結構だが、それで命を落としたのでは元も子もあるまい」

「何事もほどほどがよいのだ。ほどほどがな」

といった〝保身論〟に終始していたのである。

そんなやりとりを耳にするたびに、仙波直次郎の胸中には、やり場のない怒りがこみあげてきた。たとえ手柄功名が目的であったとしても、殉職した北町の三人の同心には、職務に対する熱意と気概があった。

だが、南町の同心にはまったくそれがない。

わけても犯罪取り締まりの最前線である廻り方は、わが身の平穏無事と上役の顔色うかがいだけに日々腐心し、本来の職務はそっちのけというていたらくなのだ。

まったくもって、

(町方の風上にもおけない連中)

なのである。

「しかし、どうもわかりませんな」

歩きながら、米山兵右衛がぽつりといった。奉行所からの帰り道である。

「何がですか」

直次郎が訊き返す。

「北町の佐川さんを殺した下手人です。いったい何者が、何のために佐川さんを手にかけたのか――、いや、佐川さんだけではありません。おそらく大島さん、井沢さんを殺したのも同じ下手人の仕業でしょう」

「これは、わたしの推量ですが」

と前置きして、直次郎が語る。

「月番が北町に代わってから、例の夜盗一味の動きがぱたりと止まってるんです。その間に北町の主戦力ともいうべき大島さん、井沢さん、佐川さんの三人が殺された。となると、どうも偶然とは思えんのですよ。ひょっとしたら夜盗一味の背後に別働隊がいるんじゃないかと」

「別働隊？」

「つまり、搦め手（側面）から夜盗一味を援護する連中です」

「なるほど、そう考えれば、たしかに――」

敏腕同心の大島、井沢、佐川を失ったことによって、北町の探索能力はいちじるしく低下し、そのぶん夜盗一味も仕事がしやすくなるという道理だ。

「仙波さんの推量が正しいとすれば」

小柄な兵右衛が、長身の直次郎を見上げるようにしていった。

「鳴りをひそめていた夜盗一味が、そろそろ動き出すかもしれませんな」

直次郎の返事はなかった。上の空でべつのことを考えている。

「どうかしましたか？」

「あ、いえ、ちょっと腑に落ちぬことが——」

「というと」

「佐川さんは、本所北割下水の廃寺で殺されていたそうですね」

「ええ、わたしのところにもそういう報告が届いています」

「しかし、なぜ佐川さんは一人で廃寺なんかへ行ったんでしょうか」

「それが謎なんですよ。北町の連中も知らなかったそうです」

何か耳よりな情報を得たのか、それとも誰かと落ち合うことになっていたのか。いずれにしても、佐川が死んだいまとなっては、その謎は永遠に闇の中である。

「仙波さん」

暮れなずむ町並みを見わたしながら、兵右衛がニッと欠けた歯を見せて、

「ひさしぶりに『定八』で一杯やっていきませんか」

「いいですね。行きましょう」

『定八』は、白魚橋のちかくにある居酒屋である。活きのいい魚を食べさせる店で、八丁堀にちかいこともあり、奉行所の同心や小者がよく利用している。

京橋川の北岸、通称「竹河岸」にさしかかったとき、直次郎はふと歩度をゆるめて前方にするどい目をやった。

中ノ橋北詰の炭町の路地角に、黄八丈を着た小夜が、何食わぬ顔で立っている。

「あ、あの、米山さん」

小柄な兵右衛に、直次郎は上体を屈して頭を下げ、

「申しわけございません。ちょっと急用を思い出したので、ここで失礼させていただきます」

「そうですか。残念ですが、またの機会ということで」

一礼して、兵右衛は人込みの中に消えていった。それを見届けると、直次郎はすぐさま身をひるがえして、炭町の路地角に立っている小夜のもとに駆け寄っ

た。

「おれを待っていたのか」

「そ」

にっこり微笑(わら)って、小夜は歩き出した。直次郎がそのあとを追いながら、

「おれに何の用だ」

背中越しに訊いた。小夜は振り返ろうともせず、すたすた歩いてゆく。

「旦那、お寂しいでしょ」

「寂しい？ ――どういうことだ」

「この間の女のひと、いなくなっちゃったそうですね」

お紺のことである。

「おめえ、なぜそれを？」

「ふふふ、あたしの耳は地獄耳(じごくみみ)」

（そうか）

直次郎はすぐにピンときた。見かけによらず小夜は妬心(としん)のつよい女である。おそらく、お紺のことが気になって万蔵のところへ探りにいったのだろう。

（やつのことだから、適当にいいくるめてくれたにちがいねえ）

そう思って、直次郎は内心ほっと胸をなで下ろしていた。

「ねえ、旦那」

小夜がふいに歩をとめて、くるっと振り返った。

「あたしがなぐさめてあげようか」

「なぐさめるって？」

「いいことしてあげる」

意味ありげな笑みを浮かべ、小夜はふたたびすたすたと歩き出した。

小夜の住まいは、日本橋瀬戸物町と伊勢町のあいだの細い路地の奥まったところにあった。以前は瀬戸物の行商人が住んでいたという古い小さな一軒家である。

直次郎を奥の居間にとおすと、小夜は台所から冷や酒の徳利二本と浅蜊の佃煮の小鉢を盆にのせて運んできた。さっきの小生意気な態度とは一変して、新妻のような甲斐甲斐しさである。

「どうぞ」

小夜の酌を受けて、直次郎は猪口の酒を一気に呑みほした。小夜が自分の猪口に酒をつぎながら、探るように直次郎の顔を見た。

「旦那、まだ未練があるんでしょ」

「未練？」

「この間の女のひとに」

「去るものは日々に疎(うと)し、ってな。もうすっかり忘れちまったさ」

「そう。旦那って意外に薄情なんですね」

「妙ないい方はやめてくれ。あの女とは何もなかったんだ。未練も薄情もねえだろう」

「本当に何もなかったんですか」

小夜が疑わしげな目で見た。

「女がつとめる小料理屋に一度呑みにいったきりだ。指一本触れたことはねえさ。それよりおめえのほうはどうなんだ？」

「どうって？」

「ひさしくご無沙汰(ぶさた)してるうちに、いい男でもできたんじゃねえのか」

「男がいたら、旦那なんか部屋にあげませんよ」

「なんか、とはご挨拶だな」

直次郎は苦笑した。

「ねえ、旦那」

ふいに小夜が、やるせなげに直次郎の肩にしなだれかかってきた。

「——抱いて」

「…………」

呑みかけの猪口を盆にもどし、直次郎は無言で小夜の体を引き寄せた。

小夜の熱い息が耳朶に吹きかかる。両手で小夜の顔をかかえ込み口を吸った。しなやかな小夜の腕が、直次郎の首にからみついてくる。

口を吸いながら、小夜の体を畳の上に横たわらせた。

小夜は狂おしげに身をくねらせながら、自分の手で着物の胸元を開いた。小ぶりだが、形のいい乳房がほろりとこぼれ出る。

「吸って——、お乳を吸って——」

小夜が甘えるように鼻を鳴らす。直次郎は片方の乳房をわしづかみして口にふくみ、舌先でコロコロと乳首を愛撫した。たちまち乳首が立ってくる。

「あ、いい、いい——」

あえぎながら、小夜は上体を弓なりにのけぞらせた。直次郎の手がすばやく帯を解く。

はらりと着物がすべり落ちる。長襦袢を引き剝ぎ、一気に腰の物もむしり取った。

全裸になった。

やや細身の体だが、腰のまわりや太股の肉おきは豊かで、肌に張りがある。股間には申しわけ程度の秘毛が茂っている。直次郎の手がはざまにすべり込んだ。

「あっ」

小夜の口から小さな叫びがあがった。指先が切れ込みの肉芽にふれたのである。

「そ、そこ！」

小夜があられもなく叫ぶ。直次郎の指が秘孔に入っていた。壺の中は熱く、しとどに濡れている。肉ひだが直次郎の指をくわえ込むように緊縮した。

「お、お願い。——旦那のを、入れて——」

狂悶する小夜の体をそっと離すと、直次郎は立ち上がって着物を脱いだ。赤銅色の筋骨隆々たる体である。下帯もはずした。股間の一物が猛々しく屹立している。

小夜の両膝を左右に押し広げて一物の先端を秘所にあてがい、切れ込みにそって下から上へ二、三度こすり上げて、ずぶりと突き差した。

「ああーっ」

ほとんど絶叫にちかい声だった。

直次郎が激しく腰をふる。その動きに合わせて、小夜も狂ったように尻を上下させる。秘孔の肉ひだが絶妙な緊縮と弛緩をくり返す。まるでそこだけが別の生き物のように。

小夜の白い喉がひくひくとふるえている。昇りつめているのだ。

直次郎も限界に達していた。秘孔の中で一物が激しく脈打っている。

「は、果てる！」

いいざま、一気に引き抜いた。白濁した淫液が小夜の腹の上にどっと放出された。

両腕を伸ばし、直次郎の体を引き寄せると、小夜は骨がきしむほどの力で直次郎を抱きしめた。重なり合ったまま、二人はしばらく動きをとめて情事の余韻に酔いしれた。

「ふふふ」

直次郎の体を抱きしめながら、小夜がふくみ笑いを洩らした。

「旦那って、あいかわらず凄い。――凄すぎて気が触れそうだった」

「おめえの道具も、あいかわらず絶品だったぜ」

「鞘が合うんですよ、あたしたちって」

「ちげえねえ」

満足げに笑って、直次郎は体を離した。

二人は手早く身づくろいを済ませると、ふたたび酒を酌みかわしはじめた。
二、三杯呑んだところで、小夜がふと真顔になって、
「あ、そう、そう」

と思い出したように、

「北町の佐川さま、殺されたんですって?」

「ああ、二日前にな」

「あたしね。その日、佐川さまを見かけたんですよ」

「なに」

猪口を持つ手が口元でとまった。

「どこで見たんだ」

「本所北割下水の高杉さまのお屋敷の前で」

「北割下水？」

佐川が殺されたのも北割下水の廃寺である。小夜が目撃した直後に殺されたのかもしれない。

「捕物があるらしく、岡っ引を連れて走っていったわ」

「岡っ引？ ──どんな野郎だった」

「あれは、たしか」

三橋の辰五郎ではないか、と小夜は自信なさげに応えた。

商売柄、小夜の行動半径は広い。かなり前のことだが、上野広小路で初老の岡っ引に見とがめられたことがあった。「天保の改革」の風俗取り締まりで、女髪結いは禁止されていたからである。

もっとも庶民の娯楽や風俗を規制する法令などは、「あって無きがごとし」で、ほかの禁令同様、遵守するものは誰もいなかった。岡っ引たちもそのへんのところはちゃんと心得ていて、

「人目のつくところを大っぴらに歩くんじゃねえぜ」

といった程度の忠告を与えるだけで、事実上、女髪結いを黙認していたのであ

る。

上野広小路で岡っ引に呼び止められたとき、小夜も同じような忠告を受けた。その岡っ引の名が三橋の辰五郎だった。

「佐川さんが連れていた岡っ引とよく似ていたけど――」

「そうか」

険しい顔で、直次郎は考え込んだ。

例繰方の米山兵右衛に聞いた話では、北割下水の廃寺の境内(けいだい)で発見された死体は、佐川陽之介ひとりだったという。とすると、岡っ引の辰五郎は廃寺に行かず、途中で佐川と別れたのか。それとも辰五郎だけが難を逃れて命びろいをしたのか。

その点が大きな謎として残った。いずれにしても、直接本人に会って訊いてみる必要があるだろう。

5

小夜の家を出ると、直次郎は上野に足を向けた。

三橋の辰五郎のことは、直次郎もよく知っている。一昨年、老齢と痛風のために北町奉行所を退隠（たいいん）した、加納藤三郎（かのうとうざぶろう）という定町廻りから手札をもらった老練の岡っ引だった。

加納が在職中、とくに目立った働きはなかったが、聞き込みや情報集めなどの地味な仕事には定評があった。

加納が身を引いたあとは、特定の同心につくこともなく、頼まれれば誰の仕事でも引き受けるといった、気楽な岡っ引暮らしをしていた。

三年ほど前に女房に先立たれ、その後、池之端の旅籠屋で女中をしていた若い女を後添（のちぞ）えに迎えたという。住まいは、上野広小路から東に入った摩利支天（まりしてん）横丁にある。

月も星もない暗夜である。

ちらほらとゆらめく町明かりを頼りに、直次郎は摩利支天横丁に足を踏み入れた。

横丁の両側に軒をつらねる小商（こあきな）いの店は、すでに戸を閉ざしてひっそりと静まり返っていた。窓の明かりだけが点々とともっている。

辰五郎の家は、この横丁の名の由来となった徳大寺（とくだいじ）摩利支天の手前にあった。

家は小さな平屋建てだが、敷地は五、六十坪ほどあり、塀囲いがしてある。

奥の障子窓に、ほんのりと明かりがにじんでいた。

戸口に立って、二、三度声をかけてみたが、返事はなかった。

不審に思って、そっと戸を引き開けてみた。その瞬間、直次郎は血の匂いを嗅(か)いだ。それもかなり濃厚な血臭である。

がらっ。

と戸を引き開けて中に飛び込み、雪駄ばきのまま廊下に上がり込んだ。

奥の部屋の襖が開け放たれたままになっている。明かりはそこから洩れていた。

一歩、その部屋に踏み込んだとたん、

「！」

直次郎は全身の血が凍りつくような戦慄(せんりつ)を覚えた。

布団の上で、全裸の男と女が折り重なって死んでいた。情交中に何者かに襲われたのだろう。二人は体を重ねたまま串刺しにされていた。男の背中からおびただしい血が噴き出し、布団がどっぷり血を吸ってどす黒く変色している。

目をおおいたくなるような酸鼻(さんび)な光景だった。

直次郎は、意を決して布団のそばに歩み寄り、男の顔をのぞき込んだ。まぎれもなくその顔は、三橋の辰五郎だった。女は辰五郎の後添にちがいない。血臭に混じって、二人の体から生々しい淫臭がただよってくる。

どうやら殺されて、まだいくばくもたっていないようだ。

直次郎は首をめぐらして隣室に目をやった。庭に面した障子が開け放たれたままになっている。賊はそこから庭に逃走したのか。

ふいに直次郎の目がきらりと光った。庭に人の気配がある。

(賊は、まだいる——)

刀の柄に手をかけて、そろりと隣室に足を踏み入れ、開け放たれた障子のあいだから庭の様子をうかがった。表はまったくの闇である。足音を消して濡れ縁に出た。

刹那(せつな)。

右の闇だまりから、いきなり斬撃が飛んできた。とっさに体を沈めて切っ先をかわし、抜き打ちに刀刃をはね上げた。

キーン。

赤い火花が闇に散って、視界に黒影がよぎった。ほんの一瞬だったが、直次郎の目はその影の正体をしっかり捉えていた。黒布で覆面をした屈強の武士である。

二の太刀がきた。――が、それより速く、直次郎は庭に跳んでいた。

(はっ)

無声の気合とともに、覆面の武士がすさまじい勢いで斬り込んできた。体を右に開いてそれをかわすと、直次郎は武士の脾腹へ摺り上げの一刀を送った。武士は大きくうしろに跳んでかわした。すかさず間合いをつめて斬り込む。武士はまた跳び下がった。背後は徳大寺と境を接する板塀である。その板塀を背にして、武士はふところから何かを引き抜くと、高々と振り上げた。

次の瞬間、闇にきらりと銀光が奔った。

反射的に、直次郎は横に跳んだ。闇を切り裂いて銀光が奔り、耳元をかすめて何かがかたわらの植木の幹に突き刺さった。見ると、それは棒手裏剣だった。

二投目が飛んできた。

直次郎は、かろうじて刀で叩き落とした。息もつかせず、三本目の棒手裏剣が、直次郎の顔面めがけて飛んできた。直次郎の体が地面にころがった。

一転二転して立ち上がったときには、すでに武士の姿は消えていた。高さ五尺

（約一・五メートル）の板塀を飛び越えて、徳大寺の裏境内に逃げたようだ。

「ふう――」

思わず直次郎の口から、安堵の吐息が洩れた。

上野広小路の東の突き当たりに、新黒門町（しんくろもんちょう）という町屋がある。以前は東叡山の門前地だったが、現在は大小の商家や飲食店が立ちならぶ繁華な町並みになっている。町の南角に『翁屋（おきなや）』の看板をかかげた老舗（しにせ）の料理屋があった。

東叡山の桜の時季には、花見客目当てに、豪華な重詰めの仕出し弁当を売り出すので知られた店である。その店の小座敷で、一人の武士が人待ち顔で盃をかたむけていた。

火盗改役与力・中尾軍蔵である。

膳の上に空になった銚子が二本ころがっている。三本目の酒を頼もうと、中尾が腰をあげたとき、配下の同心・塚田平助が入ってきた。

「遅かったではないか、塚田」

中尾が不機嫌そうにいった。

「申しわけございません」

頭を下げて、塚田は小座敷にあがり込んだ。中尾が手を叩いて仲居を呼び、追加の酒を注文した。二人はしばらく黙っていたが、酒が運ばれてくるのを待って、

「何かあったのか」

中尾が声をひそめて訊いた。

「とんだ邪魔が入りまして」

「邪魔？　というと」

「暗がりで顔はよく見えませんでしたが、装り(なり)から見て町方役人ではないかと」

中尾の目にぎらりと狷介(けんかい)な光がよぎった。

「まさか仕損じたのではあるまいな」

「いえ、辰五郎は始末しました。始末して引きあげようとしたところへ、折りあしく、その町方が入ってきまして——」

とっさに塚田は、隣室の障子を引き開けて庭に逃れたのだが、直次郎に気づかれて斬り合いになり、激闘数合のすえに手裏剣を使ってかろうじて脱出してきたのである。

そのことを中尾に伝えると、塚田は肩で大きく息をついて、

「手ごわい相手でした」

ぼそりと本音を洩らした。

「何はともあれ、ご苦労だった」

労をねぎらうように、中尾が塚田の盃に酒をつぎながら、

「お組頭（くみがしら）からお叱りを受けたが、今回の一件は、たしかにわしらの手落ちだった」

「ええ」

と、塚田が苦い顔でうなずく。

この日の昼すぎ、中尾と塚田は組頭・佐久間将監の役宅に呼ばれて、佐久間からきびしい叱責を受けた。岡っ引の辰五郎を野放しにしておいたことを咎（とが）められたのである。

「金で動く者は信用できぬ」

というのが、その理由だった。

いわれてみれば、もっともな話である。辰五郎が一言口をすべらせたら、中尾と塚田はもとより、組頭の佐久間の首さえ飛びかねないのだ。

「町方が辰五郎の家をたずねてきたとなると、まさにお組頭のご懸念が現実になったということだ。一歩遅れたら、辰五郎はその町方に口を割っていたかもしれんからな」

「おっしゃるとおり、間一髪でした」

「ま、しかし、これで心配の種も消えた。今夜は存分に呑もう」

気を取りなおすように、中尾は盃の酒をあおった。

第五章　夜盗斬り

1

大川を吹きわたってくる風は、すでに冬のものといってよかった。

川面を往来する荷舟の船頭たちも、寒そうに身をすぼめながら櫓を操っている。

昼下がりの両国広小路の雑踏の中を、仲むつまじげに肩を並べて歩いている男と女がいた。男は焦茶の羽織に紬の小袖を着た商家のあるじふう、連れの女は黒襟の弁慶縞の着物を着た年若い女――猫目の源蔵と情婦のおもとである。

広小路の見世物小屋で、南蛮手妻（手品）を見物しての帰りだった。

「——おもと」

米沢町三丁目の角で、源蔵がふと足をとめて、おもとを見返った。

「わしはこれから商談があるさかい、おまえひとりで先に帰っててくれへんか」

「あら、商談があるなんて、あたし聞いてませんよ」

おもとが不満そうに頰をふくらませた。

「いま急に思い出したんや。商談の場に女連れで顔だすわけにはいかんやろ」

「そりゃ、そうだけど——」

「あ、そやそや。おまえ、帯が欲しいゆうてたな。帰りしなに浅草で買い物でもしていったらどや」

なだめるようにそういうと、源蔵はおもとの腕を引きよせて、その手に小判を二枚にぎらせた。とたんにおもとの顔がほころんだ。

「ついでに帯留(おびどめ)と草履(ぞうり)も買っちゃおうかしら」

「その金で足りるんやったら、好きなもん買えばええがな」

「ありがとう。じゃ」

小躍(こおど)りするように、おもとは人込みの中に去っていった。それを見送ると、源蔵は踵(きびす)を返して米沢町三丁目の路地に入っていった。

路地の突き当たりは、両国屈指の盛り場・薬研堀である。

むかしはここに入り堀があって、幕府の御米蔵の船入りになっていたが、明和のころに堀が埋め立てられて町屋になった。

現在は薬研堀不動尊を中心として、江戸の名店や老舗、高級料亭などが立ちならび、昼夜を問わず、たいそうなにぎわいを見せている。

米沢町の路地を出たところで、源蔵はちらりと一方に目をやった。

自身番屋の中で、北町の廻り方同心と岡っ引らしい男が、のんびり茶を飲みながら談笑している。つい数日前までは、決して目にすることのなかった光景である。

源蔵にいわせれば、

(火盗の荒療治がてきめんに効きよった)

のである。佐川陽之介が殺害されたあと、北町奉行所の士気はおとろえ、同心たちの箍がゆるみはじめたのは、誰の目にも明らかだった。

(これでつぎの仕事も楽にできるやろ)

内心ほくそ笑みながら、源蔵は何食わぬ顔で自身番屋の前を通りすぎた。

薬研堀の路地の一角に、『喜代川』の暖簾を下げた小粋な料理屋があった。

源蔵はその店の前で立ち止まり、あたりを用心深く見まわしながら、暖簾を割って入っていった。間口にくらべると中は意外に広く、土間の奥は二十畳ほどの畳敷きになっており、衝立で仕切った席が左右に四つずつならんでいる。下足番に雪駄をあずけて、畳敷きに上がり込むと、右奥の衝立の陰からぬっと顔を突き出した男が手招きした。手下の長次である。

源蔵はすばやくその席に向かった。勘助もきていた。

「早かったやないか」

「あっしらも、たったいま着いたばかりで」

「お先にやらしてもらってます」

勘助がぺこりと頭を下げ、どうぞと源蔵の猪口に酒をつぐ。

「あれ以来、北町の手もだいぶゆるんできたようやな」

猪口の酒をなめるように呑みながら、源蔵がそういうと、

「へい」

と長次がうなずいて、

「四、五日前とはがらりと様子が変わりやした。町をちょろちょろ走りまわってるのは新参の若い同心だけで、ほかの廻り方はすっかりだらけておりやすよ」

「役人なんてそんなもんや。号令かけるやつがおらんと、おのれ一人ではよう動かへん。飼い犬と一緒や」

「考えようによっちゃ気楽なもんですね。役人どもは」

「一生飼い殺しやからな。食いっぱぐれる心配はあらへんし、ほんまにええご身分や」

「ところで、おかしら」

勘助が膝を乗り出して、

「つぎの仕事は、いつごろになるんで？」

「その前に獲物を探すのが先決や」

「目星はついてるんですかい」

長次が声をひそめて訊いた。

「いや、まだや」

と、かぶりを振って、

「今回は木挽町の御前さまや、火盗改役の組頭にかなりの金をつこうたさかい、そのぶんつぎの仕事で埋め合わせせなあかん。最後にどか−んと一発、大勝負かけたろかと思っとるんや」

「そろそろ江戸の暮らしにも飽いてきやしたからね。このへんがちょうどいい潮時でしょう」

「あと三、四日待ってくれ。それまでにかならずわしが獲物を見つけてくる」

「楽しみに待っておりやすよ」

にんまり笑って、長次が源蔵の猪口に酒をついだ。


廊下に雑巾がけをしていた万蔵が、ゆっくりと立ち上がり、

「うん。すっかりきれいになった――」

つぶやきながら、開け放たれた襖のむこうにちらりと目をやった。

濡れ縁で、姉さんかぶりのお紺が障子を貼り替えている。

この日の朝、お紺は万蔵にすすめられて、本所石原町の貸家に居を移したのである。六畳二間に三畳の板間。神田松田町の貸家よりはるかに小さく、古い家である。もちろん、この家を探してきたのも万蔵である。

家主の話だと、つい二カ月前まで、近所の旗本屋敷に通い奉公をしていた、独り者の渡り中間が住んでいたそうだが、家賃が相場より二割も安いというだけあって、家の中はひどく荒れていた。そこで二人は、手分けして掃除に取りかか

ったのである。

朝五ツ（午前八時）から三刻（六時間）かかって、ようやくいま終わろうとしていた。

「わたしのほうも終わりましたよ」

姉さんかぶりの手拭い（てぬぐい）をはずして、お紺がほっとしたような笑みをうかべた。

黄ばんで破れ目だらけだった四枚の障子が、昼下がりの陽差しを受けて、見ちがえるほど白く光っている。

「ここなら、あっしの家に居候（いそうろう）してるよりずっとましですぜ」

そういって、万蔵も笑みを返した。

「万蔵さんにはいろいろとお世話になりました。このご恩は一生忘れません」

「なに、礼をいわれるほどのことじゃねえさ」

照れるように万蔵は頭をかいた。

「差し当たって必要なものは用意したし、寝起きするだけならこれで十分だろう」

「ええ」

「何か困ったことがあったら、遠慮なくいってくんな」

「本当に何から何までありがとうございました」

「じゃ、あっしはこれで」

一礼して、万蔵は出ていった。

石原町から、万蔵の家のある番場町までは、四半刻(約三十分)もかからない距離である。

土井能登守の屋敷の前の通りから、小道をぬけて番場町の路地に出たところで、万蔵ははたと歩をとめて前方に不審げな目を向けた。

家の前に、大きな風呂敷包みを背負った痩せ浪人が、所在なげに突っ立っている。

「手前に何か用ですかい?」

歩み寄って声をかけると、浪人はおどろいたように振り返り、

「おまえがこの古着屋のあるじか」

うろんな目で誰何した。

「へい。万蔵と申しやす」

「古着を売りたいのだが、買い取ってもらえぬか」

「品物を拝見いたしやしょう。どうぞ」

万蔵が腰高障子を引き開けて、浪人を中にうながした。

上がり框に腰を下ろすなり、浪人は背負っていた大きな風呂敷包みを板敷きの上におろし、おもむろに包みを解きはじめた。

「公儀からのお達しで、古着を売買するさいには、売り主の身元をたしかめておかなければならない決まりになってましてね」

「身元？」

「一応、ご浪人さんのお名前だけでも」

「柴山惣十郎」

浪人はぶっきら棒に応えた。深く窪んだ目とそげ落ちた頰が、この浪人のすさんだ暮らしを如実に表していた。躰は鶴のように瘦せている。この手の食い詰め浪人は本名を名乗るわけがない。どうせ変名だろうと思いつつ、

「品物を拝見させていただきやす」

万蔵は包みの中をあらためた。

練貫、龍紋、羽二重の小袖が三枚、琥珀平の平袴が四枚。意外なことに、いずれもかなり上等なものばかりで、傷みも汚れもなく、新品同様だった。

「失礼ですが、これはご浪人さんのお召し物でございますか」

「いや、同居人のものだ」

「同居人、――と申されますと？」

「深川の貸家で一緒に住んでいた男が、急に姿を消してしまったのでな。その男が残していった衣類を売り払って、家賃に当てようと思っている」

「さようでございますか」

「いくらで買い取ってくれる」

「その前に、同居なさっていた方のお名前をうかがっておきたいのですが」

「わしを疑っているのか」

浪人が剣呑な目でぎろりとにらみつけた。

「いいえ、公儀のお達しでございますから」

「名は磯貝光右衛門。備中浪人と申していた。わしが知っているのはそれだけだ」

「磯貝さまは故郷にお帰りになったんで？」

「いや、西念寺横丁の八十吉と申す地廻りから、いい仕事があるとさそわれて出かけていったまま、ぷっつりと姿を消してしまったのだ」

「ほう」

「わしは急いでいる。買うのか買わないのか、はやく決めてくれ」

浪人が苛立つようにいった。

「わかりました。二朱でお引き取りいたしましょう」

「二朱は安すぎる。もう一声どうだ」

「それが精一杯なんですがねえ」

「三朱」

「うーん」

ためらうように考え込みながら、

「承知しました。それで手を打ちましょう」

と奥の銭箱から金を持ってきて浪人に差し出した。それを無造作につかみ取り、礼もいわずそそくさと立ち去る浪人のうしろ姿に、万蔵はするどい視線を送りつけた。

（ひょっとしたら――）

その磯貝光右衛門という浪人が、お紺を襲った浪人の一人ではないか。

直観的に万蔵はそう思った。

2

陽が落ちて、深川の町に夕闇がただよいはじめると、門前仲町の西はずれにある「西念寺横丁」には、どこからともなく薄汚れた浪人者や破落戸、やくざ者、人足風体の男たちが灯りに群がる蛾のように陸続と流れ込んでくる。

横丁の道幅はおよそ二間（約三・六メートル）。道の真ん中に溝があり、男たちが溝板を踏みしめるたびに、すえた臭いがあたり一面に立ち込める。

闇を染める淫靡な灯り。

暗がりに佇んで客を待ち受ける白首の淫売女。

通行人にひそやかに忍び寄る阿片の密売人。

——この横丁には、ありとあらゆる悪徳が横溢している。

横丁の一角にある小さな煮売屋で、万蔵はひとり黙然と猪口をかたむけていた。

店は雑多な客でごった返し、声高な話し声や人いきれ、煮炊きの煙が充満している。

万蔵がこの店に入ってから、須臾（しゅゆ）もたたぬうちに、三十なかばと見えるやくざふうの男がふらりと入ってきた。一瞬、万蔵と男の目がからみ合った。男は客たちをかき分けるようにして万蔵の卓に歩み寄り、

「おれを探してたってのは、おめえさんかい」

小声で話しかけてきた。地廻りの八十吉である。西念寺横丁に足を踏み入れたとき、万蔵は路地角に立っていたやくざふうの若い男に、八十吉を見つけたらこの煮売屋へくるように言伝（ことづ）てを頼んでおいたのだ。

「八十吉さんか」

万蔵が訊き返すと、男はうなずいて、

「表で話を聞こう」

と、あごをしゃくって万蔵をうながした。

煮売屋を出ると、八十吉が先に立って歩き、そのあとに万蔵がついた。西念寺横丁をぬけて北に一丁ほど行ったところに掘割が流れている。黒江（くろえ）川という川幅八間（約十四・五メートル）の大きな掘割である。

八十吉は、その黒江川のほとりで、足をとめて振り返った。

「おれに用ってのは？」

「二つ、三つ、訊きてえことがあるんだが」

そういって、万蔵はすばやく八十吉の手に小粒をにぎらせた。

「おめえさん、四、五日前に三人の浪人に仕事を手配しなかったかい？」

「ああ、それがどうかしたかい」

八十吉の顔に警戒の色が浮かんだ。

「じつは、そのうちの一人に金を貸したんだが、四、五日前からぷっつり姿を消しちまってな」

「その浪人の名めえは――？」

「磯貝光右衛門だ」

その名を聞いて、八十吉の顔から警戒心が失せた。三人の浪人のうち一人は、たしかに磯貝光右衛門という名だった。万蔵の話に嘘はないと見て、

「あいにくだが、おれも三人の行方は知らねえんだ」

八十吉はすまなそうに首を横に振った。

「おめえさん、誰に頼まれて、その三人を手配したんだい」

「四十がらみのがっしりした体つきの男だった」

「そいつの名は？」

八十吉は応えず、ふっと薄笑いを浮かべた。

「わけありの仕事を頼まれたときには、相手の名を聞かねえのが、この町の作法なんだぜ」

「そうだったな」

万蔵も笑ってみせた。作法というより、それが深川の裏社会の暗黙の掟なのだろう。現に、八十吉は万蔵の名も聞かなかった。

「その男に頼まれたのは、腕の立つ浪人三人と鼻の利く男ひとりだった」

「鼻の利く男？」

万蔵がけげんそうに訊き返すと、八十吉は得意気に小鼻をぴくつかせて、

「三橋の辰五郎親分を紹介してやったさ」

（なるほど）

それで合点がいった。お紺の住まいを探り当てたのは、岡っ引の辰五郎だったのだ。

「おれが知ってるのはそれだけだ。役に立たなくてすまなかったな」

「なに、こっちのほうこそ手間をとらせちまって」

「じゃ、ごめんよ」

と踵(きびす)を返したが、ふと思い立ったように、

「あ、そうそう。その男は江戸者じゃねえ。上方弁(かみがた)を使ってたぜ」

いいおいて走り去る八十吉を、万蔵はするどい目で見送った。

「上方弁か――」


石町の正午の鐘が鳴りおわるのを待って、直次郎は一人で役所を出た。

いつも昼めしに誘ってくれる例繰方の米山兵右衛は、この三日間、風邪をひいて休んでいる。めったに欠勤をしたことのない兵右衛にしては、めずらしいことだった。このところの寒さで、よほどたちの悪い風邪をひいたのだろう。

「帰りに見舞いに立ち寄ってみるか」

ひとりごちながら、奉行所の表門を出たところで、

(さて)

と、直次郎は思案げに足をとめた。弥左衛門町の行きつけの一膳めし屋は、事務方の古参同心たちの溜まり場になっているので、一人で行くのは少々気がひける。

(たまには、そばでも食おう)

と思い定めて、元数寄屋町二丁目のそば屋『寿幸庵』に足を向けたとき、背後に駆け寄ってくる足音を聞いた。

「旦那」

声に振り向くと、菅笠をまぶかにかぶった男がすり寄るように近づいてきた。

「おう、万蔵か」

「旦那のお耳に入れておきてえことが」

笠の下から万蔵が低くいった。

「ちょうどよかった。これからそばを食いに行くところだ。一人でめしを食うのは味気ねえからな。おめえも付き合ってくれ」

「へい」

うなずいて、万蔵は直次郎のあとについた。

『寿幸庵』の店内は混んでいたが、うまい具合に店の奥に二人ぶんの席が見つかった。直次郎は盛りそばを、万蔵はとろろそばを注文して、その席に腰をおろした。

「おれの耳に入れておきてえことって、どんなことだ？」

運ばれてきた盛りそばをすすりながら、直次郎が訊いた。

「妙な雲行きになってきやしたよ」

万蔵が声をひそめていう。

「お紺さんを襲った三人の浪人者ですがね。ひょっとしたら、その三人は猫目の源蔵に雇われたんじゃねえかと――」

「うぐっ」

直次郎は思わずむせた。そばが喉につかえそうになって、

「ちょ、ちょっと待て」

あわてて茶を飲み込み、ひと息ついたところで、直次郎はあらためて訊き返した。

「いってえどういうことなんだ、それは」

「じつは――」

と、箸をとめたまま、きのうの午後、店に古着を売りにきた浪人から磯貝光右衛門の名前を聞き出したことや、その磯貝に〝仕事〟を斡旋した西念寺横丁の地廻り・八十吉に会いに行ったことなどをかいつまんで話し、最後にこうむすんだ。

「八十吉に浪人の手配を頼んだ男は、四十がらみのがっしりした男、しかも上方

弁を使ったそうで――。何もかも符丁(ふちょう)が合うんですよ、猫目の源蔵と」

直次郎は、もうそばを食べおえている。

「けど、万蔵」

と楊枝(ようじ)で歯をほじくりながら、

「江戸には上方弁を使う四十男なんざ、掃(は)いて捨てるほどいるんだぜ。それだけで源蔵と決めつけるわけにはいかねえだろう」

「…………」

応えずに、万蔵は黙々とそばを食っている。

「ほかに何か証拠でもあるのか」

「あっしの勘ですよ」

「勘か」

その勘を信じるとすれば、源蔵が三人の浪人を使ってお紺を殺そうとした理由は、一つしか考えられない。お紺を生かしておいては不都合な人物が、源蔵にお紺殺しを依頼したということである。

万蔵がそばを食べおえて顔をあげた。

「ついでにもう一つ、話しておきたいことが」

「お紺さんの家を探り当てたのは、三橋の辰五郎って岡っ引だそうで」

「まだ、あるのか」

「なに」

直次郎が瞠目した。意外といえば、むしろそのほうが意外だった。

「本当か、それは」

「八十吉が上方弁を使う男に、直接に引き合わせたそうですから、まちがいねえでしょう」

「万蔵」

直次郎が顔をよせて、押し殺すような声でいった。

「その辰五郎って岡っ引は、二日前に殺されたぜ」

「え」

「やつは北町の佐川さん殺しに関わっていたんだ。それで口を封じられたにちがいねえ」

「へえ。そんな事件があったんですかい」

そば湯をそば猪口につぎながら、万蔵が口の中でぼそりとつぶやいた。

「なんだか、話がややこしくなってきやしたね」

「佐川さんを殺したのは、源蔵一味を陰で助っ人してる連中だ。その連中の片棒をかついでいた辰五郎が、お紺殺しの企てにも一枚嚙んでいたとなると、おめえの勘もまんざら的はずれじゃなさそうだぜ」

　上方弁を使った男が、源蔵である可能性はかなり高い、と直次郎は思った。

「その、お紺さんですが――」

　万蔵が急に話題を変えた。

「きのう、家移りしやしたよ」

「どこへ？」

「石原町の貸家です。いつまでもあっしんところに居候してたら、気づまりだろうと思いやしてね」

「そうか」

　直次郎にも、むろん異存はない。

「ま、そのほうがお紺にとってもいいかもしれねえな」

「見知らぬ土地のひとり暮らしで、お紺さん、寂しい思いをしてるかもしれやせん。いっぺん、訪ねてってやったらどうです？」

「ああ」

うなずきながら、直次郎もそば猪口にそば湯をついだ。

万蔵は、お紺が家移りした本所石原町の貸家の場所を説明すると、

「じゃ、あっしはお先に」

と一礼して、飄然と『寿幸庵』を出ていった。

3

西の端に沈みかけた夕陽が、大川の川面を赤く染めている。

仙波直次郎は、両国広小路の雑踏をぬけて、両国橋をわたっていた。

前述したように、この橋は幕府の御入用橋――すなわち官設の橋梁なので、橋の西詰と中央、そして東詰の三カ所に小さな橋番所が立っていた。

橋番所に詰めている番人は、町奉行所から管理を委託された町の者である。管理といっても、日がな一日、橋を往来する人をながめているだけの退屈な仕事で、隠居老人がこれをつとめていた。

直次郎は、橋の中央の橋番所の前でふと歩をとめて、橋の欄干や橋板をまじまじと見やった。五年前の崩落事故が起きたのは、ちょうどそのへんだったが、見

たところ欄干や橋板には頑丈そうな木材が使われているし、再修築普請もしっかりしていた。

「お見まわり、ご苦労さまでございます」

橋番所の中から、猿のように小柄な老人が出てきて、直次郎に頭を下げた。治助という顔なじみの橋番である。どうやら治助は直次郎がお役替えになったことをまだ知らないようだ。

「あいかわらず達者なようだな」

「おかげさまで」

治助は腰を低くして、また頭を下げた。この老人は五年前の崩落事故で死んだ善次という橋番の後釜なので、改修時のことは知らなかった。

「橋改めでございますか」

治助が訊いた。

「うん、まあ――」

うなずきながら、直次郎は片足で橋板をドスンドスンと踏んでみた。

「橋板もまだしっかりしてるじゃねえか」

「はい。今年の川開きの人出にも、びくともしませんでした。はじめから、こうして頑丈に造っておけば、五年前のあのような悲惨な事故は起きなかったんですがねえ」

「それはいえてる」

「お寒うございますから、お体にお気をつけなすって」

「おめえもな」

かるく会釈を返して、直次郎は西詰のほうへ立ち去った。

両国橋をわたって、回向院の前を左に曲がろうとしたとき、門前町の路地からひょいと出てきた女が、(あら)と足をとめて、目ざとく直次郎を見た。

髪結い道具の台箱を背負った小夜である。だが、直次郎のほうはまったく気づかずに、横網町のほうへ向かって足早に歩いてゆく。万蔵の家をたずねるつもりなら、上流の吾妻橋をわたったほうが近道なのだが……。

(どこへ行くのかしら?)

けげんに思いながら、小夜は直次郎のあとを跟けはじめた。

横網町の道を北に向かって一丁も行くと、幕府の御竹蔵の前に出る。以前、この蔵は材木蔵として使われていたが、現在は幕府の御米蔵になっている。

すでに夕闇が濃い。

跟けられているとも知らずに、直次郎は大川端沿いの道を黙々と北に向かって歩いていた。やがて前方に入り堀が見えた。一名（いちめい）「梅堀（うめ）」、正式には「埋堀（うめ）」と書く。

梅堀に架かる橋をわたって、右に曲がると左に見える町屋が石原町である。石原町の東はずれの路地を左に折れたところに、お紺が新しく居をかまえた小さな貸家があった。付近の家並みからやや離れた閑静な場所である。

部屋の障子が白く光っている。直次郎はためらいもなく戸を引き開けて中に入った。

入ってすぐが土間になっており、廊下はなく、正面は襖で仕切られている。戸を開く音を聞いたのか、襖がからりと開き、お紺が出てきた。

「あら、仙波さま」

「万蔵から家移りしたと聞いたんでな。ちょいと様子を見に寄らせてもらった」

「わざわざ申しわけありません。どうぞおあがりくださいまし」

こぼれるような笑みを浮かべて、お紺は直次郎を六畳の居間に招じ入れた。丸火鉢と行灯（あんどん）のほかに家具調度類は何もない、殺風景な部屋である。

「越してきたばかりで、あいにくお酒を切らしてますので」

「すぐ退散するから、何もかまわねえでくれ」

「せっかくいらしたんですから、お茶だけでも」

お紺は火鉢の鉄瓶をとって、急須に湯をそそいだ。

「小ぢんまりしてて、使い勝手のよさそうな家じゃねえか」

「おかげさまで。万蔵さんにはすっかりお世話になりました」

お紺が茶を差し出す。それをすすりながら、直次郎は気づかわしげな目でお紺を見た。

「立ち入ったことを訊くが、金はあるのかい？」

「ええ、『笹ノ屋』をやっていたときのたくわえが、少々――」

「足りなきゃ、おれが用立ててやってもいいんだぜ」

「いえ、そんな――、これ以上、仙波さまにご迷惑をおかけするわけには――」

「遠慮はいらねえさ。困ったときは、いつでもいってきてくれ」

「ありがとうございます」

「ところで、お紺」

湯呑みを茶盆にもどして、直次郎が向き直った。

「おめえを殺そうとした三人の浪人どもだがな」

「…………」

先夜の恐怖がよみがえったのか、お紺の顔がかすかにこわばった。

「あいつらを雇ったのは、猫目の源蔵かもしれねえぜ」

「猫目の源蔵？」

「盗賊の首領(かしら)だ。おそらく源蔵の背後にも黒幕がいるにちがいねえ」

「黒幕って――、いったい何者なんですか」

「おめえの父親を罠(わな)にはめた張本人だ」

お紺がハッと直次郎を見た。その顔に一瞬期待の色が浮かんだが、

「残念ながら、まだそいつの正体はわからねえ」

「…………」

お紺はやや落胆したように肩を落とした。

「けど、そのうちきっと、おれがこの手でそいつの化けの皮をはいでやる」

「――仙波さま」

「待つ身はつらいだろうが、もうしばらくの辛抱だ。おれを信じて待っててくれ」

そういって、直次郎は立ち上がり、

「また寄らせてもらうぜ」

と背を向けると、お紺がはじけるように立ち上がって、直次郎の背中にとりすがった。

「わたしには、何のお礼もできませんが」

「…………」

「せめて――、せめて、この体で――」

「お紺」

直次郎がゆっくり振り返った。お紺の切れ長な眸が潤んでいる。

「抱いてくださいまし」

「茶番はやめるんだな」

「え」

「おめえは、そんな女じゃねえさ」

「…………」

「世が世なら武家の一人娘として、何不自由のない暮らしをしてたはずだぜ」

「それは、もう過去のことですから」

「ちがうな」

「何がちがうんですか」

「どんなに零落しても、武士の娘は死ぬまで武士の娘だ。気位までかなぐり捨てることはねえだろう」

「仙波さまが思っているほど、わたしはきれいな女ではありません」

「…………」

「母と二人で町屋暮らしをはじめたころ、母の苦労を少しでも助けようと思って、料理屋や居酒屋で働いたこともありますし、男に騙されて抱かれたこともあります」

「…………」

「汚れた女なんですよ、わたしは」

お紺の顔に自嘲の笑みがにじんだ。

「柄にもねえことをいわせてもらうが――」

直次郎は、ふたたびお紺に背中を向けて、

「自分を粗末にしちゃいけねえぜ」

といいおき、振り返りもせず足早に部屋を出ていった。

玄関わきの植え込みの陰で、二人のやりとりにじっと耳をかたむけていた小夜が、思わず首をすくめた。目の前を直次郎が急ぎ足で通りすぎてゆく。

小夜は意外そうに目を見張りながら、それでいて、どこか安堵したような笑みを口元に浮かべて、闇の奥に遠ざかる直次郎のうしろ姿を見送った。

畳に寝そべって洒落本(しゃれ)を読んでいるうちに、勘助は障子に映える陽差しのぬくもりにさそわれて、いつの間にか眠りこんでしまった。

上野池之端の茅町の長次の家である。半刻（一時間）ほどたったころ、廊下に足音を聞いて、勘助はあわてて起き上がった。がらりと襖が開いて、長次が入ってきた。

「なんだ、寝てたのか」

「へ、へい、洒落本を読んでるうちに、つい――」

勘助が照れ笑いを浮かべて座りおなすと、その前に長次がどかりと腰をすえて、

「つぎの仕事、決まったぜ」

いいざま、煙草盆を引きよせて、煙管(きせる)にたばこを詰めはじめた。

「で、獲物は？」

「外神田花房町の質屋『生駒屋』だ」

「質屋？」

「おかしらの目当てによると、『生駒屋』は江戸で一番の質屋だそうだ。あるじは十二代目の徳三郎。これがたいへんな道楽者でな。毎晩のように深川にくり出して、金にあかして派手に遊びまわってるって話だ」

「じゃ、お宝もたんまりと――？」

「おかしらの目に狂いはねえさ」

「いよいよ、あっしの出番がまわってきたってわけですね」

「三日のうちにやれと、おかしらがそういってたぜ」

「わかりやした。じゃ、さっそく」

　隣の寝間に入り、勘助は小ざっぱりした身なりに着替えると、行ってめえりやす、と長次に声をかけていそいそと家を出ていった。

　猫目の源蔵の手下には、それぞれに与えられた役割があった。

　兄貴分の長次は、金蔵の錠前を開ける「破錠役」である。

　先日、町方に追い詰められて自害した為吉は「引き込み役」、すなわち先陣を切って商家の敷地内に忍びこみ、内側から門扉や塀の木戸を開けて本隊を中へ誘導する役だが、為吉の死によって〝仕事〟に支障が生じるほど重要な役ではなかった。

勘助の役は「下見役」である。文字どおり、ねらいをつけた商家を事前に下見し、商いの規模や奉公人の数、敷地内の建物の配置、警備の状況などを調べる役である。

長次の家を出た勘助は、下谷御成街道を通って、外神田花房町に足を向けた。

質屋『生駒屋』は、筋違橋御門の斜め向かいにあった。江戸一番の質屋といわれるだけあって、なるほど豪壮な店構えである。

店の表は筋違橋御門前の広場に面し、裏手は仲町と境界を接する路地に面していた。

その路地を歩きながら、勘助はさりげなく敷地内の様子をうかがった。

敷地はおよそ五百坪。周囲は高さ六尺（約一・八メートル）余のなまこ塀で囲繞され、南西の角には瓦屋根の立派な裏門がついている。

庭の松の老樹や欅、山茶花などの枝がなまこ塀の外に張り出さんばかりに伸びていて、その奥に二階建ての母屋や土蔵の屋根がかいま見えた。

土蔵は三棟。その三棟のうち、北東に建っている土蔵は、勘助が一見して、

（あれが金蔵にちがいねえ）

と見定めたほど、屋根も高く、どっしりと重厚感のある造りだった。

一通り『生駒屋』周辺の下見をしたあと、勘助は花房町に隣接する仲町に足を伸ばし、小さなめし屋を見つけて中に入った。

めし時の混雑が退いたあとで、客の姿はなく、一人ぼんやり煙管をくゆらせていた亭主らしき初老の男が、入ってきた勘助を見てあわてて煙管の火を灰吹きに落とし、

「いらっしゃいまし」

と愛想笑いを浮かべて立ち上がった。

このめし屋は、夜は飲み屋になるらしく、板壁に張り出された品書きのほとんどは酒の肴ばかりだった。勘助は酒一本と烏賊の塩辛を注文して卓の前に腰をおろした。

この界隈は大工や左官、火消し人足、鳶の者など、気の荒い男たちが多く住んでいるので、昼間から酒を食らっても、ことさら白い目で見られることはなかった。

ほどなく亭主が徳利一本と塩辛の小鉢を運んできた。

「景気はどうだい、おやじさん」

手酌でやりながら、勘助は気安げに亭主に声をかけた。

「まァまァ、といったところですかねえ」

亭主は脂で黄色くなった歯をみせて笑った。その笑顔を見ただけで、勘助は、この老人が人のいい話し好きだと見てとった。『生駒屋』の内情を聞き出すのには、打ってつけの相手である。ひとしきり世間話をしたあと、

「ところで、『生駒屋』って質屋は、だいぶ繁盛してるようだが、奉公人は何人ぐらいいるんだい?」

ずばり、探りを入れてみた。案の定、亭主は疑いもなく応えてくれた。それどころか、訊かぬことまで勝手にべらべらしゃべりはじめたので、勘助はただひたすら猪口をかたむけながら、聞き手にまわっていた。

4

定刻より一刻(二時間)ほど早く奉行所を退出して、仙波直次郎は八丁堀へ向かった。

自宅の組屋敷がある八丁堀へ、

「向かう」

というのも妙な話だが、正確にいえば、帰宅するためではなく、風邪で休んでいる米山兵右衛を見舞うために「向かった」のである。むろん、上役の支配与力にその旨(むね)届け出た上での早退だった。

途中、直次郎は京橋柳(きょうばしやなぎ)町の八百屋で、柿と梨を十個ばかりつつんでもらい、楓川に架かる弾正(だんじょう)橋をわたって、八丁堀の岡嵜(おかざき)町にある米山兵右衛の組屋敷をたずねた。

兵右衛は妻のまつと二人暮らしである。

「ごめん」

玄関に立って声をかけると、奥から分厚い綿入れを着込んで、丸々と着ぶくれした兵右衛が、青白い顔でよろめくように出てきた。まつは買い物に出ているようだ。

「仙波さん」

「お加減はいかがですか」

「ええ、おかげさまで、だいぶよくなりました。すっかり熱も引きましたので、明日からは出仕できると思います」

いいながら、兵右衛は口に手を当てて、かるくしわぶいた。

「これ、つまらないものですが」

直次郎が果物の包みを上がり框におくと、

「ごていねいにありがとうございます。お上がりになりませんか」

「いえ、わたしはここで失礼させていただきます。お体に障るといけませんので、どうぞ、お休みになってください」

「おかまいもできませんで」

「お大事に」

一礼して、直次郎は玄関を出た。これでこの日の仕事はおわりである。

このまま自宅の組屋敷にもどり、ひさしぶりに妻の菊乃を連れて外食でもしようかと思い、直次郎は足を速めた。

直次郎の組屋敷は、八丁堀のほぼ中央、地蔵橋のちかくにある。

掘割に面した敷地百坪ほどの屋敷で、周囲は板塀でかこってある。門は木戸片開きの小門である。その門を押して中に入ろうとしたとき、

「旦那」

背後で低い声がした。

振り返ってみると、菅の一文字笠をかぶった半次郎が大股に歩み寄ってきた。

「半の字か」

「元締めがお呼びです」

「何の用だ」

「わかりやせん。あっしの舟でどうぞ」

低い、抑揚のない声でそういうと、半次郎はくるっと背を返して大股に歩き出した。

組屋敷の前の掘割通りを、まっすぐ東に向かうと越前堀に突き当たる。

半次郎は越前堀の川岸通りを左に折れた。この通りは亀島町川岸通りという。

一丁（約百九メートル）ほど行ったところに船着場があった。半次郎はそこで足を止めて、直次郎を振り返り、無言で船着場を指さした。桟橋に半次郎の猪牙舟がもやってある。

その舟に乗れ、と半次郎は無言裡にいっているのだ。うながされるまま、直次郎も無言で猪牙舟に乗り込んだ。

半次郎は手早くもやい綱をほどき、川面に水棹を差して舟を押し出した。

越前堀を北を指して遡行(そこう)すると、ほどなく日本橋川に出る。さらに日本橋川を右(東)に折れてしばらく行くと、やがて前方に大川の滔々(とうとう)たる流れが見えた。

大川に出たところで、半次郎は水棹を櫓(ろ)に持ち替えた。

舟はゆっくり大川の川面をすべってゆく。

舳(みよし)の舟べりにもたれて、対岸の深川の町並みをぼんやりながめながら、直次郎が、

「半の字」

櫓を漕ぐ半次郎に声をかけた。

「元締めからお紺って女のことは聞いてるか」

「へい」

返事はそれだけだった。無口というより、この男は人としゃべるのが苦手なのだ。

「じゃ、お紺の五年前の過去も知ってるんだな」

「へい。元締めから子細(しさい)を調べるように申しつかっておりやす」

「そのお紺を殺そうとしているやつがいるんだ」

半次郎の反応はなかった。黙々と櫓を漕ぎつづけている。

「ついでにそいつの正体も調べてもらえねえか」

「わかりやした」

会話はそこで途切れ、またしばらく沈黙がつづいた。

永代橋をくぐると、深川の町はもう手の届くところにあった。半次郎がふたたび櫓を水棹に持ち替えて、舟の舳先をぐいと岸辺に向けた。

ほどなく舟は堀川町の船着場に着いた。直次郎を桟橋に下ろすと、

「あっしはここで待っておりやす」

そういって、半次郎は桟橋の杭にもやい綱を巻きはじめた。

堀川町の船着場から元締めの家までは、指呼の間である。

直次郎が玄関に足を踏みいれると、声をかける間もなく、待ちかねていたように奥から寺沢弥五左衛門が出てきて、

「ようこそ、おいでくださいました。ささ、どうぞ、おあがりください」

まるで賓客を迎え入れるような丁重さで、直次郎を奥の部屋に案内した。

そこには酒肴の膳部が用意されていた。

「さ、どうぞ。おかけください」

「なんだか気恥ずかしいですな。元締めからこんなもてなしを受けるのは」

「たまにはいいじゃないですか。どうぞ」

「恐れいります」

酌を受けて、一気に呑みほすと、

「で、わたしに用件というのは？」

直次郎があらたまった口調で訊いた。

「原稿を整理していたら、おもしろいことに気がつきましてね」

「おもしろい？」

「いや、おもしろいというと、ちょっと語弊(ごへい)がありますが――」

弥五左衛門は、書棚から分厚い原稿の綴りを取り出して、直次郎の前に差し出した。

「これは『江戸繁昌記』の続編の原稿ですが、ちょっとこの章に目をとおしていただけますか」

「はァ」

受け取って、直次郎は原稿に目を走らせた。原文はすべて漢文体だが、ここでは読み下しでその一部を抄録(しょうろく)する。

〈大宴会〉

中町の尾花屋の楼上で、一席の大宴会が開かれ、水からも陸からも客がきて並び、三味線、太鼓が競い起こる。主催者の財主・金主が中央にすわって、大気炎でどっかりかまえている。幇間、軽子が左右につき、客の顔色をうかがって気に入るようにつとめ、冗談をいってご機嫌をとる。

坐間ただ覚ゆ春光の暖　身外誰か知らん秋意の深きを（座はただ春光の暖かさを覚え、外の秋の冷ややかさ、さびしさの深いことを知らない）

〈財主の豪遊〉

前の楼では、宴会の興はたけなわである。主催者の財主は手すりにもたれ、心おごり、千銀万金を祝儀として与える。幇間は傍らから、「大将、旦那、お酔いになりましたね。河岸の辺を散歩したらおもしろいでしょう」と言い、財主をとり囲んで階段を下りる。

――半次郎の取材をもとに、深川の『尾花屋』なる茶屋で豪遊散財する富商たちの実態を、諧謔と風刺をこめて活写した「寺門静軒」ならではの洒脱な随筆である。

「いかがですかな？」

直次郎の反応をうかがうように、弥五左衛門がのぞき込んだ。

「いや、なかなかおもしろいですな。金にあかして遊びほうける商人の姿が、じつにみごとに描かれております」

「この原稿は今月の初旬ごろ書いたものなのですが、わたしが〝あること〟に気づいたのは、この原稿ではなく、半次郎の留書のほうにあるんです」

そういって、弥五左衛門はかたわらの文箱から小さな紙片の束を取り出した。

それは半次郎が『尾花屋』を取材したときに記した留書（メモ）だった。

その留書には、つぎの六人の「宴会の財主」の名が記されてあった。

一、日本橋呉服町・呉服問屋『伊勢屋』惣兵衛。

一、京橋南紺屋町・砂糖仲買『讃岐屋』唐兵衛。

一、小石川白壁町・薪炭材木問屋『上州屋』市右衛門。

一、浅草阿部川町・唐物問屋・『平戸屋』喜三郎。

一、神田三河町・油問屋『近江屋』幸右衛門。
一、外神田花房町・質屋『生駒屋』徳三郎。
「この六人は『尾花屋』の常連でしてね。もちろん、ほかにも常連客は何人かいるんですが、とりわけこの六人の豪遊ぶりが目についたと、半次郎はそう申しておりました」

「で、元締めが気づいた〝あること〟とは？」

「じつはこの六人のうち、四人が例の夜盗一味の被害に遭ってるんですよ」

「え」

「ただの偶然とは思えません。明らかに一味は『尾花屋』に出入りしている客にねらいをしぼっていたのです」

「なるほど、いわれてみれば、たしかに――」

京橋南紺屋町の砂糖仲買『讃岐屋』と外神田花房町の質屋『生駒屋』をのぞく四人は、すべて猫目の源蔵一味の被害者だった。

「すると」

直次郎が険しい顔で弥五左衛門を直視した。

「つぎにねらわれるのは、『讃岐屋』か『生駒屋』――？」

「わたしの推量が正しいとすれば、そういうことになるでしょう。ただし」

と、言葉を切って、弥五左衛門は酒で口をうるおした。

「これは裏の仕事ではありません。夜盗一味の追捕は町奉行所の仕事ですからね。むしろ〝表の仕事〟として、仙波さんのほうから月番の北町奉行所に、このことを伝えていただければ幸いです。もちろん、わたしのことは内緒で」

「わかりました。やってみましょう」

力強くうなずいて、直次郎も猪口の酒を呑みほした。

翌日――。

古参同心から使いを頼まれた帰りに、直次郎は京橋南紺屋町に足を向けた。

この日、例繰方の米山兵右衛が四日ぶりに出仕してきたので、さっそく半次郎の留書に記された六人の名と、過去に猫目の源蔵一味の被害に遭った四人の名を照合してみたところ、たしかにぴったり一致した。

とすれば、猫目の源蔵一味がつぎにねらうのは、京橋の砂糖仲買『讃岐屋』か、外神田花房町の質屋『生駒屋』のどちらかになる可能性は高い。

寺沢弥五左衛門は「表の仕事」として、そのことを月番の北町奉行所に伝えてくれといったが、直次郎はしかし、その仕事を自分一人でやろうと思っていた。

一つには、猫目の源蔵一味の別働隊に惨殺された佐川陽之介の敵討（かたきう）ちという思いもあったし、一つにはお紺を殺そうとした源蔵への報復という意味もあった。

京橋南紺屋町は、京橋川に架かる中ノ橋の南詰にある。南町奉行所とは目と鼻の先なので、直次郎はこの界隈の地理を知悉（ちしつ）していた。もちろん、砂糖仲買の『讃岐屋』もよく知っているし、あるじの唐兵衛の顔も見知っている。

（そうか）

中ノ橋をわたりかけたところで、直次郎は思わず足をとめた。あの六人の中から『讃岐屋』がはずされた理由がわかったのだ。『讃岐屋』が南町奉行所の目と鼻の先にあることを、当然、源蔵一味も下見をして知っていたはずだ。とすれば六人の名の中からまず真っ先に消されるのは『讃岐屋』である。

なぜもっと早くそのことに気づかなかったのか。

直次郎は苦笑しながら踵を返した。

（これで的（まと）がしぼれる）

5

「急に上方(かみがた)に帰るなんて――」

おもとがいまにも泣きだしそうな顔でいった。

その前で、源蔵が黙々と身支度(みじたく)をととのえている。いつもの飄然(ひょうぜん)とした源蔵とは別人のように、全身にひりひりするような緊張感をただよわせている。

「いったい、何があったんですか」

「なんべんゆうたらわかるんや、おもと」

源蔵が眉根をよせて、敷居ぎわに立っているおもとを見あげた。

「わしの商売は浮き沈みの激しい相場商(そうばあきな)いやさかい、一日もはやく大坂にもどらんと、えらいことになるんや」

「だからといって、あたし一人を置き去りにしていくなんて」

おもとの口からかすかな嗚咽(おえつ)が洩れた。

「そりゃ、おまえにはすまんと思うとる。けどな、いまのわしにはどうすることもでけへんのや。生きるか死ぬかの瀬戸際に立たされとるんやで、わしは」

身支度をととのえ、振り分けの手行李を肩にかけると、源蔵は立ち上がっておもとの肩にやさしく手をかけた。

「おまえのことは一生忘れへん。――少ないが、これとっとき」

ふところから五枚の小判を取り出して、おもとの手ににぎらせた。

「それだけあれば、とうぶんこの家で暮らせるやろ」

「旦那さん」

おもとの目からぼろぼろと涙がこぼれた。

「体に気いつけてな」

「旦那さんも――、お達者で」

「ほな、行くで」

「あたし、見送りません」

「そのほうがええ。縁があったらまた会おうな。ほな、さいなら」

背を返して、逃げるように源蔵は出ていった。

たまらず、おもとはその場に膝からくずれ落ち、号泣した。

常磐町の家を出た源蔵は、南本所をぬけて吾妻橋をわたり、沈みかける夕日を追うように浅草から上野へと急ぎ足で歩をすすめた。

（あかん。女に情を移したらあかん）

　歩きながら、源蔵は腹の中で苦々しくつぶやいていた。世間の目をくらますために、居酒屋で働いていたおもとを、いわば金で面をはるようにして囲い者にしたのだが、やはり一カ月余も一緒に暮らしていると情がわいてくる。

　それはおもとも同じだった。最初は金のためと割り切ったつもりだったが、源蔵とかりそめの夫婦を演じているうちに、いつしかそのやさしさに惹かれてゆくようになったのである。

　そんなおもとが、源蔵はますます愛しくなった。いっそ、このままおもとと江戸で暮らそうかと思ったこともあった。

　その思いをふっ切らせたのは、やはり商売への野心だった。自分の手下だった傳兵衛が江戸で一家をかまえて、手広く商売をしている。それを見て、俄然、源蔵にも野望がわいてきたのだ。

　肩にずっしりと食い込む振り分けの手行李の中には、これまでに稼いだ三千両の金がつまっている。大坂で掛屋をはじめるのには四千両の資金が必要だ。何としても今夜、残りの千両を稼がなければならない。今夜が最後の大勝負なのだ。

　深川常盤町の家を出て、半刻（一時間）足らずで、上野池之端の長次の家に着いた。

「女とは、うまく話がついたんですかい？」

顔を合わせるなり、長次が真っ先に心配したのはそのことだった。

「えらい愁嘆場(しゅうたんば)やったで」

「女がごねたんですかい」

その話題は、勘助も興味津々(しんしん)だ。

「ま、金で何とかケリつけてきたけどな――、しかし、わしも歳やなァ、おもとの涙見たら切(せつ)のうて、切のうて、胸が苦しゅうなってきたわ」

「娘のように若い女でしたからねえ」

「もうええ。その話はやめや。それより勘助、下見はすんだんか」

「へい。抜かりなく」

勘助が手描きの図面を差し出した。『生駒屋』の見取り図である。

見た瞬間、源蔵が「ほう」と感嘆の声を洩らすほど、よくできた図面だった。

「母屋に住んでるのは、徳三郎夫婦と女中二人、丁稚(でっち)三人の七人だけです」

「たった七人か」

「あとの者は、みんな通い奉公だそうで」

「金蔵は、ここにまちがいねえな」

図面を指して、源蔵が確認した。

「へい」

「よし、今夜子の刻（午前零時）、決行や」

夜になって小雨が降り出した。煙るような霧雨である。

冷え込みが一段ときびしい。

火鉢のまわりで雑魚寝していた三人が、申し合わせたようにむっくり起き上がった。

勘助が土間に下りて湯をわかす。夕方炊いた冷や飯に湯をかけて腹に流し込むと、三人はすばやく身支度に取りかかった。黒の筒袖に黒の股引き、手甲脚絆も黒である。

長次が押し入れの天井裏に隠しておいた三本の匕首を持ってきて、それぞれに手わたした。そして、破錠用の七ツ道具、胴火（懐炉のようなもの）、仰願寺（灯明用の小蠟燭）、麻縄などを用意する。

上野大仏下の時の鐘が子の刻（九ツ）を告げはじめた。

それを合図に三人は家を出た。あいかわらず煙るような霧雨が降っている。

不忍池の池畔(ちはん)の道を通って、上野広小路から御成(おなり)街道に出れば、目ざす『生駒屋』はもう間近である。三人は須田町二丁目の代地の角で足をとめ、ふところから黒布を取り出して、顔をおおった。

霧雨は一向にやむ気配がなかったが、三人にとってこの雨は天恵だった。雨が闇をいっそう濃くしてくれるし、物音も消してくれる。それに足跡も流し去ってくれるからだ。

『生駒屋』の裏の路地に出た。

路地をひたひたと走り、なまこ塀の南西にある裏門の前までくると、長次が片膝をついてかがみ込み、勘助がその肩に足をかけて、ひらりと塀を飛び越えた。

すぐさま源蔵と長次が裏門の前に走る。

かすかなきしみ音を発して、裏門の門扉が開いた。待ち受けていた源蔵と長次が中に走り込む。

三人は裏庭の植え込みの陰を拾って、東北の角に立っている金蔵に向かった。

立木の奥に二階建ての母屋が見えたが、屋内には一穂(すい)の明かりもなく、建物全体が黒い影となって、ひっそりと寝静まっている。

長次が金蔵の戸口で足をとめた。分厚い塗籠戸(ぬりごめど)に大きな船底型の錠前がかかっている。長次はふところから数本の針金を取り出して、鍵穴に差し込んだ。

カチッ。

かすかな音がして、鍵がはずれた。

「明かりだ」

長次が低くいった。勘助がふところから仰願寺と胴火を取り出し、仰願寺の芯に火をつける。ぽっと淡い明かりが闇を染めた。その明かりを頼りに、塗籠戸を引き開けて、三人は土蔵の中に侵入した。

その瞬間……。

三人は、閃電(せんでん)に打たれたように棒立ちになった。

土蔵の奥の長持ちの上にどっかりと腰をすえ、右手に持った大刀を垂直に土間に立ててこっちを見すえている侍がいた。暗がりで定かに見えないが、たしかに侍である。

「かかったな、どぶ鼠(ねずみ)ども」

侍が野太い声を発した。仙波直次郎だった。

「て、てめえ!」

三人がいっせいに匕首を抜き放った。直次郎は長持ちに腰をすえたまま微動もしない。

「ええい、面倒だ。いてまえ！」

源蔵が癇性な声を張り上げた。それを受けて、長次と勘助が匕首を振りかざして、直次郎に斬りかかっていった。

しゃっ！

立ち上がると同時に、直次郎は抜き打ちに勘助の首をなぎ、さらに返す刀で長次の腹を斬り裂いていた。瞬息の二人斬りである。悲鳴のような叫喚がわき立ち、長次と勘助は血潮をまき散らしながら、土間に倒れ伏した。

「おんどりゃ！」

源蔵が老猿のように高々と跳躍した。直次郎は横に跳んでかわすと、着地した源蔵を袈裟に斬り下ろした。

ずばっ、と音がして、匕首を持った源蔵の右腕が肩口から斬り落とされて、土間にころがった。一瞬、何が起きたのか、源蔵は理解できなかった。体が腕を失った右にかたむいている。足元に落ちている血まみれのおのれの腕を見て、ようやく事態が呑みこめた。

「な、なんでやねん！」

頭のてっぺんから奇声を発した。

「猫目の源蔵」

刀をかまえながら、直次郎がずいと歩み寄る。

「貴様のうしろで糸を引いてたのは、何者なんだ？」

「ふふふ」

源蔵の顔に不敵ともいうべき笑みが浮かんだ。腕を失った肩からすごい勢いで血が噴き出しているが、源蔵はまるで気にもとめない。

「わしが仲間を売るような男に見えるか」

「いまさら強がりをいうな」

「強がりやない。この血を見てみいな。もうじき、わしは血を失のうて死ぬ。死人に口なしや。それで八方おさまるんや」

「死ぬ前にまっとうな心にもどる気はないのか」

「あほなこといいないな。悪（わる）は死んでも悪や。死ぬる前に仏心（ほとけごころ）なんか出してみい。閻魔（えんま）さまに舌抜かれるで、ほんまに」

「じゃ、仕方がねえ。佐川陽之介の仇（かたき）を討たせてもらうぜ」

「佐川？」

「地獄に堕ちろ！」

叩きつけるような一刀を、源蔵の頭上に振り下ろした。頭蓋が砕け、白い脳漿が飛び散る。声もなく源蔵は土間にころがった。

刀の血ぶりをして、鞘におさめると、直次郎は戸口に歩み寄って指笛を吹いた。

と、母屋の窓にいっせいに明かりが灯った。

ほどなく表に下駄の音がして、四十二、三の男が入ってきた。『生駒屋』のあるじ・徳三郎である。土蔵の中の惨烈な光景を見て、徳三郎は思わずすくみ上がった。

「あるじ」

「は、はい」

「夜が明けたら、北の番所に誰か使いを走らせて、菊地健吾と高柳真之助という同心にこのことを知らせてくれ」

「承知いたしました」

「菊地と高柳にこの手柄をくれてやりてえんだ。まちがっても、おれの名は出すんじゃねえぜ」

「かしこまりました」

「じゃ、あとは頼む」

いいおいて、直次郎は土蔵を出ていった。

表には、まだ霧雨が降っている。

第六章　悪徳の果て

1

夕日を受けて紅く染まった西の障子窓に、竹の葉の影がさらさらとゆらいでいる。

仙波直次郎は、文机の前に座って、物憂げにそれを見ていた。

南町奉行所の用部屋の中である。文机の上には「両御組姓名帳」が広げたままおかれている。部屋のすみには、薄い闇がただよいはじめていた。

――悪は死んでも悪や。

猫目の源蔵がいい遺した言葉が、直次郎の耳朶にまとわりついている。源蔵はどうせ助からぬ命と知って、精いっぱいの虚勢を張ったつもりなのだろう。しかし、直次郎とのやりとりの中で、うかつにも源蔵は重要な手がかりを二つ残していたのである。一つは、

「死人に口なしや。それで八方おさまるんや」

であり、一つは、

「わしが仲間を売るような男に見えるか」

である。

「八方」という言葉は、源蔵の背後に「複数」の支援者がいるという意味であり、しかもその中に「仲間」がいるということを示唆している。

一般的に「仲間」といえば、同業・同類・同好などの意味に使われる。

源蔵は、生まれながらの贅六（上方人）ではない。もともとは上州吾妻郡の出だと、万蔵はいっていた。とすれば、上州時代の仲間（同業）が江戸に住んでいて、源蔵一味を側面から支援していたということも考えられる。

（だが――）

直次郎は思いなおした。

源蔵一味はもうこの世にはいないのである。いま源蔵の仲間のことを考えたと

ころで詮ないことなのだ。それより、問題はお紺のことだった。

お紺の父・香月桂一郎を罠にはめた黒幕の正体が杳として見えてこない。

朋輩の倉田彦八郎と藤井十左衛門には、職務上の責任逃れという理由があった
が、その二人の背後にいる黒幕は、香月桂一郎の死によって、いったいどんな利
益を得たのだろうか。

　さらに不可解な謎が、もう一つある。

　五年前の両国橋の崩落事故の原因である。あの事故が香月桂一郎の図面の過誤
によるものでなかったとすれば、ほかにどんな原因があったというのか。

　直次郎が沈思していると、ふいに遣戸をトントンと叩く音がして、隣室の米山
兵右衛が顔をのぞかせた。

「ちょっと、いいですか」

「え、ええ、どうぞ」

「先日はわざわざお見舞いにきてくださって、ありがとうございました」

「どういたしまして。その後、お体の具合はいかがですか」

「おかげさまで、すっかりよくなりました」

　腰をおろすなり、兵右衛はふところからおもむろに熨斗紙のついた真新しい紙

入れを取り出して、

「快気祝いと申すほど大げさなものではございませんが、ほんのお礼のしるしに」

直次郎の前に差し出した。

「そんなことをしていただいては――」

「つまらないものですが、どうぞ」

「申しわけありません。では、遠慮なく」

「お仕事中、お邪魔いたしました」

兵右衛が腰をあげようとすると、直次郎が「あ、米山さん」と呼びとめて、

「ちょっとお訊ねしたいことが」

「何でしょう」

「五年前の両国橋の修築普請の様子を知っている者に心当たりはありませんか」

「さァ」

と小首をかしげて、

「あの橋普請は公儀の普請奉行の管轄でしたから、当時は誰も立ち入ることができなかったんです。町の者であの普請場にいたのは、三人の橋番の者だけでしょ

う。もっともその三人も崩落事故に巻き込まれて死んでしまいましたがね」

「やはり、当時を知る者はいませんか」

「善吉に訊いてみたらいかがですか」

善吉とは、崩落事故で死んだ善次という橋番の息子である。その善次とは、直次郎も顔なじみだった。両国橋を通るたびに善次の橋番所でよく茶を飲んだものである。もちろん息子の善吉とも何度か顔を合わせている。

善次はもともと腕のいい大工だったが、還暦を迎えたときに息子の善吉に家業をゆずり、自分は橋番の職を得て悠々自適の老後を送っていた。いや、送るつもりだったのだが、橋番の職についてわずか三カ月後に、崩落事故に巻き込まれて命を落としたのである。

善次の跡を継いだ息子の善吉は、今年三十二。現在は三人の弟子をかかえて、あちこちの普請場を忙しく飛びまわっているという。

「あの橋普請のことで、何かお調べですか」

「ええ、ちょっと――」

口ごもりながら、直次郎は方便を使った。

「年番方から、当時の人足の賃金を調べてもらえないかと」

「そうですか。お役に立てなくて申しわけありませんな」

「いや、べつに、大したことじゃありませんから」

「お仕事中、お邪魔いたしました」

ぺこりと頭を下げて、兵右衛は出ていった。それを見送ると、直次郎は文机の「姓名帳」をパタンと閉じて腰をあげた。

善吉に会ってみようと思ったのである。退勤時刻には四半刻(約三十分)ほど早かったが、直次郎は何食わぬ顔で奉行所を抜け出し、浅草に向かった。

善吉の住まいは、浅草東仲町の恵比寿長屋にあった。

その長屋をたずねると、赤子を背負った女房が出てきて、まだ善吉は仕事から帰っていないという。中で待たせてもらうのも気が引けるので、女房に言伝てを頼んで、ちかくの居酒屋で待つことにした。

長屋の前の路地を右に曲がったところに、その居酒屋はあった。法被をはおった若い者がきびきびと立ち働いている。いかにも浅草らしい気のおけない店である。

戸口ちかくの席に座って、燗酒をちびりちびりやっていると、ほどなく善吉が入ってきた。急いできたらしく、紺の半纏、黒のどんぶりがけ、浅黄色の股引きといった仕事着のままである。

「旦那、おひさしぶりです」

「よう善吉、すっかり立派になっちまったな」

善吉とは五年ぶりの再会である。以前は顔色が青白く、体も痩せていてひよわな印象を受けたが、目の前にいる善吉は、浅黒く日焼けして別人のようにたくましくなっていた。

「一杯どうだ」

「へい。遠慮なく」

「善吉、つかぬことを訊くが――」

善吉の猪口に酒をつぎながら、直次郎がさりげなく訊いた。

「五年前の両国橋の修築普請のことで、親父さんから何か聞いてなかったかい？」

「何かと申しやすと？」

「普請場の様子とか、作業の進み具合とか――」

「親父は橋番所で毎日のように普請場を見てましたからね。酒を呑むたびに、そうした話はよく聞かされやしたよ」

「どんなことをいってた？」

「やたらに腹を立ててました。あいつらの仕事はまるでなっちゃいねえって」

「あいつら？」

「普請を請け負った『上総屋』の寄子（人足）連中です。墨は引けねえ、道具は使えねえ、ほぞ（突起）の一個も切れねえド素人ばっかりだと――」

一徹な職人だった善次の目には、相当ずさんな普請に映ったようだ。

「おまけに材木の寸法はてんでんばらばらで、人目につかねえところは継ぎはぎだらけだったそうで」

「そんなにひどい普請だったのか」

「いま思えば、橋が落ちてもふしぎはなかったんです。それを心配してた親父が事故に巻き込まれて死んじまったんですから、洒落にもなりやせん。草葉の陰で親父もさぞ悔しい思いをしてるでしょう」

猪口をかたむけながら、善吉がしんみりとした口調で、しかし言葉の端々にやり場のない怒りをにじませていった。

（なるほど、そういうことだったか――）

直次郎の目がぎらりと光った。

同じころ……。

深川門前仲町の料亭『磯松』の二階座敷では、時岡庄左衛門と上総屋傳兵衛が、深刻そうな顔つきで酒を酌みかわしていた。

「そうですか」

時岡から、源蔵一味が押し込み先でことごとく斬殺されたと聞いて、傳兵衛は沈痛に顔をゆがませた。

「源蔵さんが仕事にしくじるなんて、信じられませんな」

「北町奉行所は、まるで鬼の首でも取ったかのように、大騒ぎしているそうだ」

時岡の顔も苦い。

「しかし、なぜ源蔵さんの押し込み先が町方に知れたのでしょうか」

「わからん。源蔵の手下が町方に目をつけられていたということも考えられるし、源蔵の身近にいた者が密告（さしぐち）したということも考えられる。――いずれにせよ、上総屋、わしらとて、源蔵との関わりが公儀の探索方に知れたら、無事ではすまんのだ。くれぐれも身辺には気をつけたほうがよいぞ」

「ご忠告、ありがたくうけたまわっておきます」

「ま、しかし」

酒杯を口に運びながら、時岡がふっと老獪な笑みを浮かべた。

「本音をいえば、源蔵が死んでくれて、わしも胸をなで下ろしているところだ。これでわしらの秘密が洩れる恐れはなくなったのだからな」

「はァ」

「のう、上総屋」

「はい？」

「源蔵との長年の腐れ縁が切れたと思えば、そちにとっても悪い話ではあるまい」

「それはもう――。源蔵さんへの義理は果たしましたし、正直なところ、手前もこれを潮に源蔵さんとは縁を切ろうと思っていたところでした」

「――話は変わるが」

時岡が真顔になった。

「来年早々、お城の西ノ丸御殿の石垣改修普請を行うことになったぞ」

「ほう」

「総費用七千両という大普請だ」

「それは結構なお話でございますな」

思わず傳兵衛は顔をほころばせた。

「話が決まり次第、そちのほうに仕事がまわるよう手配(てくば)りいたそう」

「ご厚情(こうじよう)、恐悦(きようえつ)に存じます」

「わしとそちとは、持ちつ持たれつの仲だ。そちの商いが肥えれば、わしも出世の階段をまた一つ上ることができるし、わしが出世の階段を上れば、そちの商いもまた一つ大きくなる。そうやってこの十年、互いに支え合いながらやってきたのだ。これからもよろしく頼むぞ」

「こちらこそ、よろしくお頼み申します」

膳に酒杯をおいて、傳兵衛は平蜘蛛(ひらぐも)のように平伏した。

2

表には、もう夜のとばりが下りていた。

『磯松』の裏口で、時岡庄左衛門の微行駕籠(しのびかご)を見送ると、傳兵衛は仲居たちの視線を振り切るように、足早に路地の奥の闇の深みに消えていった。

傳兵衛には一つだけ気がかりなことがあった。源蔵が町方に殺されたのは、身近な者の密告によるものではないか、といった時岡の言葉である。

源蔵の身近にいた者といえば、情婦のおもとしかいない。

「あの女、最初は金目当てでわしの情婦になったんやが、一つ屋根の下に暮らしてるうちに、わしに情を移してきよってな。ちかごろは、一人前に悋気(りんき)なんかしよる。見かけによらず情の剛(こわ)い女なんや。別れどきが厄介やで。あの手の女は」

いつだったか、源蔵はそういっていた。

それほど情の深い女だとすると、急に上方にもどるといい出した源蔵に腹を立てて、おもとが町方に密告したということも、十分考えられるのだ。

しかし、傳兵衛が気にしているのは、そのことではなかった。おもとがどこまで自分のことを知っているのか、それが気がかりだったのである。

傳兵衛は、源蔵が住んでいた常磐町の貸家に足を向けた。

今夜も風が冷たい。闇の奥に家々の灯が寒々とゆらいでいる。

入り組んだ路地を何度か右や左に曲がったあと、傳兵衛はとある路地角で立ち止まり、ふところに手を入れて、護身用の匕首(あいくち)をたしかめた。

路地の奥の家明かりを険しい目で凝視するその顔は、上総屋傳兵衛の顔から「赤牛の伝次」の顔に変わっていた。

ふところの匕首をたしかめると、傳兵衛はふたたび歩を踏み出し、路地奥の家の玄関の前に立って、中に声をかけた。

「夜分、恐れいります」

奥から足音がひびいて、おもとが姿をあらわした。

「どちらさまでしょう」

「上総屋の傳兵衛と申しますが」

「ああ、あいにくですけど、旦那さんは、おりませんよ」

無愛想な応えが返ってきた。源蔵の客には用はないといわんばかりの口調である。

「お出かけですか」

「いえ、上方に帰ったんです」

「失礼ですが、あなたは、おもとさんで？」

「はい」

「手前のことはご存じですか」

「ええ、旦那さんから聞いております。同じ上州吾妻郡の出で、子供のころからの付き合いだそうですね」

「そうですか。そこまでご存じでしたか」

傳兵衛の目に剣呑（けんのん）な光がよぎった。右手がスッとふところにすべり込む。

「何か――」

いいかけて、おもとの顔がふいに引きつった。傳兵衛の右手に匕首が光っている。

まるで金縛（かなしば）りにあったように、おもとの体が硬直した。逃げようとしても、恐怖で足がすくんで逃げられない。瘧（おこり）のように激しく全身が震え出した。

「どうやらおめえさんは知りすぎたようだ。気の毒だが、死んでもらうぜ」

いいざま、傳兵衛は片足を上がり框（がまち）にかけて、諸手にぎりの匕首を、おもとの脇腹に叩き込んだ。おもとの体が前にのめって、傳兵衛の肩にもたれかかった。

突き放すように匕首を引き抜くと、体の支えを失ったおもとは、よろよろと後ずさりして、廊下にへたり込んだ。脇腹からおびただしい血が噴き出している。おもとの顔からみるみる血の気が失せていった。ひくひくと脈打っていた首の血管（ちくだ）が、ピタリと止まるのを見届けると、傳兵衛は匕首をふところの鞘におさめ、何事もなかったように平然と背を返して玄関を出ていった。

日本橋川に立ち込める深い闇の奥に、季節はずれの蛍火（ほたるび）のように、小さな明かりがゆらいでいる。しだいにその灯が大きく丸くふくらんでくる。

猪牙舟の舟提灯の明かりである。

ひたひたと水音を立てて、その猪牙舟は船着場の桟橋に舟べりをつけた。水棹（みさお）を引きぬいて、ひらりと桟橋に下り立ったのは半次郎である。

行徳（ぎょうとく）河岸で拾った遊客を、深川に送っての帰りだった。

猪牙舟を桟橋の杭にもやると、半次郎は船着場の短い石段を上って、舟小屋の戸口に歩み寄った。板戸に手をかけた瞬間、半次郎の目がぎらりと光った。

小屋の中に人の気配を感じたのである。一瞬、半次郎はためらったが、思い切って板戸を引き開け、

「誰だ」

と低く、中に声をかけた。小屋の中は漆黒の闇である。半次郎は油断なく身構えた。

「――おれだ」

一拍の間(ま)をおいて、野太い声が返ってきた。同時に石に当たる音がして、闇に淡い明かりが散った。直次郎が空き樽(だる)の上に腰をおろして、じっとこちらを見据えている。

「旦那」

「待ってたぜ」

半次郎は、ほっと顔をゆるませて、中に入った。

「あっしに何か？」

「どうでもいいが、この小屋は寒いな。火をおこしてくれ」

半次郎は黙って石組みの竈(かまど)の前にかがみ込み、焚(た)き口に粗朶(そだ)をくべて、掛け燭(しょく)の火を紙にうつして火をつけた。めらめらと燃え立った炎の中に榾(ほた)を投げ込む。

赤々とゆれる榾明かりに、深い陰影をきざんだ半次郎の端整な横顔を、直次郎はまじまじと見やりながら、

「なァ、半の字。一度おめえに訊こうと思っていたんだが」

「…………」

「おめえ、女はいねえのかい？」

「おりやせん」

「欲しいとは思わねえのか」

「仕事が忙しくて、それどころじゃありやせん」

「けど、一生独り身ってわけにはいかねえだろう」

半次郎は竈の前から離れて、もう一つの空き樽に腰をおろした。

「用件をいっておくんなさい」

「愛想のねえ男だな、おめえも――」

直次郎は苦笑したが、すぐにその笑みを消して、するどく見返した。

「五年前の両国橋の崩落事故の原因がわかったぜ」

「………」

「橋の修復普請を請け負った『上総屋』の手抜きだ」

「普請奉行、時岡庄左衛門も一枚嚙んでおりやす」

「時岡？」

「上総屋だけではできませんよ。あんな大それた手抜き普請は」

めずらしく半次郎の口から明快な応えが返ってきた。直次郎は呆(あき)れたように笑った。

「おめえも人が悪いな。そこまでわかってるんなら、おれにいわせるな」

「…………」

「つまり、普請奉行の時岡が手抜き普請を黙認してたってわけか」

直次郎が真顔で訊き返した。

「おそらく――」

半次郎は自信なさげにうなずいた。断言できるだけの確証をまだつかんでいないのだろう。だが、それが事実だとすれば、香月桂一郎を切腹に追い込んだ張本人は、時岡庄左衛門ということになる。時岡の指示を受けて、配下の倉田彦八郎と藤井十左衛門が香月の図面を改ざんし、崩落事故の責任を香月一人にかぶせたと考えれば、何もかもつじつまが合うのだ。

「半の字。どうやらそれが次の仕事になりそうだな」

「まだ調べがついたわけじゃねえので――」

たしかなことはいえないという。

「いつになったら目処（めど）がつく？」

「さァ」

と、半次郎は困惑げに目を伏せた。

半次郎が山ほど仕事をかかえて、日々奔走していることは直次郎も知っている。だが、直次郎にもこの仕事を急ぎたい理由があった。お紺がその結果を心待ちにしているからである。

「おめえ一人じゃ手がまわらねえことはよくわかっている」

直次郎が同情するようにいった。

「小夜に手伝ってもらったらどうだ」

「お小夜さんに？」

「困ったときは相身互いだ。遠慮することはねえ。小夜ならきっと引き受けてくれるぜ」

「…………」

「もっとも、ただってわけにはいかねえがな」

「考えておきやす」

ぼそりと半次郎が応えた。

「とにかく、つぎの仕事が早く決まるように、おめえにはせいぜい頑張ってもらわねえとな」

半次郎の肩をポンと叩いて、直次郎は舟小屋を出ていった。

翌日の夕刻、小夜が仕事からもどってくると、玄関の前に菅笠をかぶった半次郎が所在なさそうにポツンと立っていた。

「あら、半さん、どうしたの」

「お小夜さんに折り入って相談したいことが」

「仕事？」

小夜が声をひそめて上目づかいに訊くと、半次郎は黙って首を横に振った。

「こんなところじゃ何だから、中にお入んなさいよ」

と半次郎をうながして居間に通し、

「相談って？」

小夜はあらためて訊き直した。

「あっしの仕事を手伝ってもらいてえんです」

「探索？」

「へい。元締めの了解はとってありやす」

「それはかまわないけど、何を調べるの？」

「じつは——」

半次郎が訥々と語りはじめた。

これまでの半次郎の探索で、上総屋傳兵衛と普請奉行・時岡庄左衛門との関わりは、ほぼ明らかになっていたが、二人の身辺をさらに調べていくうちに、意外な事実が二つ出てきたのである。

一つは、上総屋傳兵衛が上州吾妻郡の出であること。半次郎はこの時点ですでに夜盗一味の首領・猫目の源蔵が上州吾妻郡の出であることをつかんでいたので、

（この二人に何らかのつながりがあるのでは？）

直観的にそう思って調べを進めた結果、深川門前仲町の料亭『磯松』に、上総屋傳兵衛と源蔵らしき男がしばしば出入りしていたことを突き止めたのである。

その情報源となったのは、『江戸繁昌紀』続編のネタ集めをしたときに顔なじみになった伊助という下足番である。

寺門静軒の随筆に登場する『尾花屋』は、料亭『磯松』の真ん前にあった。

猫目の源蔵は『磯松』の二階座敷の窓から、真向かいの『尾花屋』に出入りする羽振りのいい商人を物色し、押し込みの標的にしていたのではないか。

実際、源蔵一味に襲われた四人の商人は、いずれも『尾花屋』の常連客だった。

その猫目の源蔵一味を支援するために、北町奉行所の定町廻り同心・大島清五郎、井沢欣次郎、佐川陽之介を殺害した者がいる。――これについては、半次郎はまだ確証を得ていないが、三人が刀で斬り殺されたことからみて、下手人は武士、もしくは浪人者と推定できる。

「あっしは火盗改役・佐久間将監の配下の者の仕業とみてるんですがね」

「火盗改役！」

小夜が思わず声を張りあげた。

もちろん、それには根拠があった。じつは、佐久間の妻は普請奉行・時岡庄左衛門の姉であり、二人は義理の兄弟の関係にあったのだ。

猫目の源蔵から支援を依頼された上総屋傳兵衛が、それを普請奉行の時岡に相談し、時岡がさらに義理の兄の佐久間に協力を依頼する。その見返りとして猫目の源蔵から、時岡と佐久間に巨額の金がわたっていたのだろう。

――というのが半次郎の推論である。それを小夜に説明すると、

「でもさ」

と小夜が小首をかしげながら、

「時岡と義理の兄弟だからといって、火盗改役の佐久間と盗っ人の源蔵をむすびつけるのは、ちょっと単純すぎやしない？」

「ですから、それをお小夜さんにたしかめてもらいたいんで」

「たしかめる？」

「佐久間が金で動く男だとすれば、ほかにも似たようなことをやってると思うんですがね」

「それを調べろってわけ？」

「へい」

うなずいて、半次郎はふところから二両の金を取り出して、小夜の膝前においた。

「仕事料は二両」

「うーん」

ちょっとためらいながら、

「わかった。半さんを助けるつもりで、引き受けるわ」

にっこり笑って、小夜は二枚の小判をつかみあげた。

3

火付盗賊改役は、字義どおり、放火犯や盗賊などの凶悪犯を捕まえるのが、本来の役目である。ところが、いつのころからか一般の犯罪も取り締まるようになり、町奉行所との区別がつかなくなった。火盗改役は番方（武官）、町奉行は役方（文官）。両者の相違点はそれだけである。

歴代の火盗改役組頭は勇猛な荒武者ぞろいで、中には役宅の庭に勝手に白洲をつくり、咎人の吟味（裁判）を行う者もいたという。

その例に洩れず、佐久間将監の役宅にも白洲があったし、屋内には仮牢や拷問部屋まで備わっていた。仮牢には、配下の与力や同心たちが容赦なく捕縛してきた咎人が、つねに五、六人は収容されていた。

ほとんどは喧嘩や博奕などの微罪で検挙された者たちである。

町奉行所なら、せいぜい一日二日の入牢か、敲き、悪くても入れ墨刑ぐらいですむ罪なのだが、火盗改役となるとそうもいかなかった。

何しろ刑の規準となる法も判例もなく、勝手に吟味にかけ、勝手に裁き、勝手に処罰するのだから、咎人はどんな沙汰を受けるかわからない。

　その恐怖から一刻もはやく解放してやりたいと、仮牢に収容されている咎人の親族たちが、夜間、こっそり役宅をたずねてきて、多額の金を積んでご赦免を願い出るのである。それがいまでは日常的な光景になっていた。

　この日の夜も、四人の親族がたずねてきて、それぞれ十両の金を払い、仮牢に収容されている身内を引き取って帰っていった。

　その金を三方にのせて、与力の中尾軍蔵と同心・塚田平助は、奥書院に向かった。

「殿」

　書院の前で声をかけると、

「入れ」

　佐久間将監のしゃがれ声が返ってきた。二人はしずかに襖を引き開け、金子をのせた三方をうやうやしくかかげて、部屋に入った。

　そこには酒肴の膳部が三つ用意され、その前で佐久間が脇息にもたれながら酒杯をかたむけていた。

「本日の解き放ちは、四名でございます」

塚田が金子をのせた三方を捧げて膝行すると、佐久間がぬっと手を伸ばして四十両の小判をわしづかみして、かたわらの金箱にしまい込んだ。

「その方たちも遠慮なくやってくれ」

「はは」

二人は膳部の前に腰をおろして、手酌で呑みはじめた。

「中尾」

佐久間が酒に濁った目をぎろりと向けた。

「源蔵一味が北町の同心に斬られたそうだな」

「はい。斬ったのは大島清五郎と井沢欣次郎の後任の若い同心だそうです」

「そうか。源蔵のために、わしらがあの二人を始末してやったのだが、その後任の若僧に斬られるとは、源蔵もよくよく運のない男よのう」

「しょせん盗っ人は盗っ人、いつかはたどらねばならぬ末路でございますよ」

「まァ、あやつのような小悪党がいるおかげで、わしらはこうして美酒佳肴にありつけるのだ。結構なことではないか。はっははは」

佐久間が口を開けて呵々と笑った。

と、そのとき、ふいに塚田がふところから棒手裏剣(ぼうしゅりけん)を引き抜き、振りむきざまに広縁の障子に向けて投擲(とうてき)した。

ぴしっと音を発して、手裏剣が障子を突き破り、外の闇に飛んでゆく。

「どうした！　塚田」

それには応えず、塚田は立ち上がるなり、身をひるがえしてガラリと障子を開け放ち、二本目の棒手裏剣を庭の闇の奥に向かって投げつけた。

「塚田！」

中尾が飛んでくる。

「表に人の気配が――」

低くそういうと、塚田は庭に下りて植え込みを踏みわけ、大股に奥の庭木のほうへ歩いていった。中尾がすかさずそのあとを追う。

「手応えはあったのか」

「たしかに」

するどく四辺の闇を見わたした塚田の目が、ふと一点にとまった。

塀ぎわにそそり立つ大楠(くすのき)の太い樹幹(じゅかん)に、一本の棒手裏剣が突き刺さっている。

「なんだ、獲物は楠か」

中尾が揶揄するような口調でいった。塚田は無言で大楠に歩み寄り、二本の手裏剣を引き抜いて憮然と踵を返した。中尾も背を返してあとにつく。

二人が部屋に引きもどり、広縁の障子がぱたりと閉ざされると、くだんの大楠の枝がかすかに、ほんのかすかに葉音を立ててゆれた。

見ると、地上からおよそ五間（約九メートル）ほどの高さの太い梢に、小柄な影が立っていた。黒装束の小夜である。

同じころ……。

京橋木挽町の時岡庄左衛門の屋敷の裏庭に、音もなく黒影が疾った。

影は木立のあいだをすり抜け、植え込みの陰から陰へ、風のように走りぬけてゆく。

裏庭の北西の角に、小さな土蔵が建っていた。影はその土蔵の戸口で足をとめた。

引き戸は分厚い杉の板戸で、鍵はついていない。

影がそっと板戸を引き開ける。土蔵の中は漆黒の闇である。

影はするりと体をすべり込ませると、ふところから火打ち石と紙燭を取り出して、カチッと石を切り、紙燭に火をともした。ほの暗い明かりに浮かびあがった影の正体は、黒布の頬かぶり、黒の筒袖、黒の股引き姿の半次郎だった。

半次郎は紙燭の明かりをかざして、土蔵の中を見まわした。

三方の壁には数段の棚がしつらえてあり、その上に帳簿や綴り、書物などがぎっしり積み重ねてある。この土蔵は書物蔵だったのだ。もちろん半次郎は、事前の下調べでこの書物蔵の存在を知っていた。

紙燭の明かりを頼りに、半次郎は棚の上の帳簿に丹念に目をやった。

帳簿の多くは、幕府が過去に施工した城普請や石垣普請、橋普請、地形縄張(地勢調査)などの記録である。

半次郎の目にとまったのは、『天保八年丁酉・御公儀御普請控』の題箋が付された帳簿だった。天保八年(一八三七)は、両国橋の修築普請が竣工した年である。

手早く開いてみた。帳簿の中ほどに両国橋の修築普請に関する頁があった。図面、木材の種類、数字などが数頁にわたってびっしり書き込まれている。

その数頁を引き裂いてふところにねじ込むと、帳簿をもとの棚にもどし、半次郎はひらりと身を返して土蔵を出ていった。

「うーむ」

寺沢弥五左衛門が、文机の上の十数枚の書状に目をとおしながら、気むずかしげな顔でうなり声を洩らした。さっきからこれのくり返しである。うなり声だけでも四度は発しているだろう。

その前に端座（たんざ）して、半次郎は微動だにせず、じっと弥五左衛門の様子を見ている。

深川堀川町の弥五左衛門の家の書斎である。文机にのっている十数枚の書状は、半次郎がこれまでに調べあげた一連の事件の報告書である。

「うーむ」

またうなった。これで五度目である。そしてゆっくり顔をあげて、半次郎を見た。

「ようここまで調べたな、半次郎」

弥五左衛門の顔にやさしげな笑みが浮かんでいる。

「ご苦労だった」

「ありがとうございます」

折り目正しく、半次郎が頭を下げた。

「ひさしぶりに、わたしも腹が立ってきたよ」

弥五左衛門の顔から笑みが消えた。

「上総屋傳兵衛、時岡庄左衛門、佐久間将監。この三人の奸黠な企てによって命を落としたのは北町奉行所の同心だけではない。五年前の両国橋の崩落事故で犠牲になった三十七人も、いわば上総屋と時岡に殺されたようなものだ」

「…………」

「坐間ただ覚ゆ春光の暖、身外誰か知らん秋意の深きを」

弥五左衛門が謡うようにつぶやく。

「たしかに江戸は繁昌している。しかし、その繁昌の裏では、こうした悪徳も繁昌しているということだ。公儀は『ご改革』の名のもとに庶民の暮らしを圧迫し、ただ痛みだけを押しつけているが、真の『改革』とは、こういう連中を世の中から放逐することだと、わたしは思うんだがね」

深く吐息をついて、弥五左衛門はおもむろに立ち上がり、床の間にかけられた山水の掛け軸をはずした。裏に小さな隠し戸がある。戸を開けると、中に黒漆塗りの箱が納められていた。

その箱の中から小判を十八枚取り出して隠し戸を閉じ、もとどおり掛け軸をかけると、弥五左衛門はふたたび文机の前に腰をおろして、十八枚の金子を机の上においた。

「今回は、一人六両ということで」

「かしこまりました」

十八両の金子をふところに入れて、半次郎は一礼して部屋を出ていった。

4

申(さる)の刻（午後四時）――町奉行所同心の退勤時刻である。

仙波直次郎は、定刻どおりに奉行所を出て数寄屋橋御門橋をわたり、家路についた。

西の空に残照(ざんしょう)がにじんでいる。

路上に落とした自分の長い影を踏んで、直次郎が黙々と歩いてゆく。

比丘尼橋をわたりかけたところで、ふと直次郎は歩度(ほど)をゆるめて前方を見た。

菅笠をかぶった、ずんぐりした体軀の男が足早に橋をわたってこちらに向かって歩いてくる。直次郎は、そのまま歩をすすめた。すれちがいざま男が足をとめて、菅笠の下からすくいあげるように直次郎を見た。万蔵だった。

「仕事です」

低く、それだけいうと、万蔵はすぐさま背を返して歩き出した。

直次郎は無言でそのあとについた。間を二間（約三・六メートル）ほどおいて、二人はつかず離れず、日本橋小網町の半次郎の舟小屋に向かった。

小夜が先にきていて、小屋の中で半次郎と茶を飲んでいた。入ってきた万蔵と直次郎に半次郎が腰かけ代わりの空き樽を差し出す。それにどかりと腰をすえて、

「決まったんだな？」

直次郎がぎろりと半次郎の顔を見た。

「獲物は上総屋傳兵衛と普請奉行の時岡庄左衛門、それに火盗改役の佐久間将監です」

例によって、半次郎が低い、抑揚のない声で応える。

「火盗改？」

「それについては、あたしのほうから話すわ」

小夜がそういって、先夜、佐久間の屋敷に忍び込んだことや、佐久間と配下の中尾、塚田たちのやりとりを盗み聞きしてきたことなどを説明し、

「北町奉行所の三人の同心を殺したのは、佐久間の配下の与力、中尾軍蔵と同心、塚田平助だったんです」

「へえ。そいつはおどろいたな」

つぶやきながら、直次郎はあごの不精ひげをぞろりとなでた。

「盗っ人を捕まえる火盗改が、盗っ人の加勢をするようじゃ世も末だぜ」

「五年前の両国橋の修築普請の件ですが」

半次郎がいいさすのへ、

「それも、あたしのほうから話しましょうか」

と小夜がしゃしゃり出て、

「あれもひどい話なんですよ」

小夜が語るところによると、両国橋の修築普請には一万二千五百両の費用が投じられたという。ところが実際に修築普請に使われた金は七千五百両あまり、なんと五千両ちかい金が闇に消えたというのである。

「つまり、手抜き普請で浮かせた五千両を、上総屋と時岡で山分けしたってことか」

万蔵が訊いた。

「そういうこと。しかも崩落事故のあと、上総屋は再普請の仕事もぬけぬけと請け負ってるわけだから、二重に儲けたってことになるわ」

この事実は、半次郎が時岡庄左衛門の屋敷の書物蔵から持ち出した帳簿によって判明したのである。

「そうやって濡れ手で粟のぼろ儲けをしたあげく、時岡は事故の責任を配下の香月桂一郎にひっかぶせて、口をぬぐったってわけか」

直次郎の顔に怒りがわいた。

「これでやっとお紺さんの怨みも晴らせるわね」

小夜がさらりといってのけた。一瞬、直次郎は心ノ臓が飛び出るほどおどろいた。どぎまぎしながら小夜を見て、

「な、なんで、おめえ、お紺を知ってるんだ」

「なんでって、お紺さんは香月桂一郎さんの娘さんでしょ。あたしだって名前ぐらいは知ってますよ」

「あ、ああ、そうか、そういうことか——」

納得しつつ、ほっと安堵する直次郎をちらりと見て、小夜は意味ありげに微笑った。

「よし」

万蔵が手を打った。

「この仕事、決まりだな」

それを受けて、半次郎が空き樽の上に六枚の小判の山を三つおいた。

「仕事料は、一人につき六両です」

「じゃ、あたしは上総屋を」

小夜が真っ先に小判の山に手を出した。

「あっしは時岡庄左衛門」

万蔵も六枚の小判をつかみとる。

「じゃ、おれは火盗改の佐久間将監だ」

最後に直次郎が六両の金子を取った。

小屋を出ていこうとした小夜が、思い出したように戸口でふり返って、

「あ、旦那、一つ忠告しとくけど、佐久間の配下には棒手裏剣を使うやつがいる

から気をつけて」

いいおいて、そそくさと出ていった。

「棒手裏剣？」

直次郎の目に険しい光がよぎった。そういえば岡っ引の辰五郎を殺した武士も、棒手裏剣を使った。すると、あれも火盗改の仕業だったのか。

瀬戸物町の自宅にもどった小夜は、風呂をあびて仕事の身支度にとりかかった。

黒木綿の筒袖の小袖に男物の博多帯、下は黒の股引きといういでたちである。ふところに覆面用の黒布をしのばせ、髪に〝隠し武器〟の銀の平打ちのかんざしを差して、六ツ半（午後七時）ごろ、家を出た。

向かったのは、深川門前仲町の料亭『磯松』である。この夜、上総屋傳兵衛が同業の岩田屋仙五郎と『磯松』で会食することを、小夜は事前の調べでつかんでいた。

門前仲町はあいかわらずのにぎわいである。あちこちから三味太鼓の音や高歌放吟、女たちの嬌声がひびき、通りにはひっきりなしに嫖客が行き交っている。

小夜は、一ノ鳥居をくぐってすぐ左の路地を曲がった。その路地をさらに右に曲がると『磯松』の裏手に出る。

『磯松』の裏口の前で足をとめて、小夜はすばやく四辺の闇を見まわした。表通りのにぎわいがうそのようにひっそりと静まり返り、人影ひとつ見当たらない。

小夜は、ふところから黒布を取り出して頬かぶりをすると、両膝を折って深々と体を沈め、屈曲させた膝をバネのように使って地を蹴った。

つぎの瞬間、小夜の体は高々と宙を舞い、高さ六尺（約一・八メートル）はあろうかという黒板塀をあっという間に飛び越えて、『磯松』の屋根庇の上に立っていた。

これは散楽雑戯の秘技「蓮飛」という高跳びでの技である。小夜はこの技を旅の軽業一座にいるとき、親方から仕込まれたのだ。

『磯松』の屋根庇をつたって、二階座敷の出窓の欄干の下に身をひそめた。部屋の中から男同士の声高な話し声が聞こえてくる。上総屋傳兵衛と岩田屋仙五郎である。

小半刻（約三十分）もしたころ、一人が立ち上がる気配がした。小夜はそっと出窓の下から身を乗り出して、窓の障子を細めに引き開け、部屋の中の様子をうかがった。

小用を足しにいくらしく、男がそわそわと立ち上がって部屋を出ていった。男は岩田屋仙五郎である。上総屋傳兵衛は、窓に背をむけて膳の前に座っている。

（いまだ！）

小夜はくるっと体を回転させて出窓の欄干に立ち、一気に障子を開け放って部屋の中に飛び込んだ。傳兵衛が振りむく間もなく、小夜は髪に差した銀の平打ちのかんざしを引き抜き、鋭利なその尖端を、盆の窪へ打ち込んだ。

深々と突き刺さったかんざしは、傳兵衛の延髄をつらぬいていた。延髄は人間の急所中の急所である。傳兵衛は身動きひとつしなかった。

「あっ」

と小さな声を洩らしただけである。

すぐさま小夜はかんざしを引きぬいた。座ったままの恰好で傳兵衛は絶命していた。ほとんど即死だった。傷口からの出血もない。

岩田屋仙五郎が、階下の厠で小用を足して、二階座敷にもどってきたときには、もう小夜の姿は消えていた。出窓の障子も閉まっている。

「いやァ、今夜も冷えますなァ」

手拭いで手を拭きながら、仙五郎は自席に腰をおろした。

傳兵衛は片手に猪口を持ち、見開いた目を虚空にすえたまま微動だにしない。

赤ら顔が紙のように白くなっている。それを見て仙五郎が、

「上総屋さん、どうなさいました？」

けげんそうに声をかけた。だが、何の反応もない。

「上総屋さん、ご気分でも悪くなりましたか。上総屋さん」

と傳兵衛の肩に手をかけたとたん、傳兵衛の体が達磨のようにごろんと横転した。このときはじめて仙五郎は異変に気づき、

「ひえーッ」

悲鳴をあげて跳びすさった。

そのころ……。

万蔵は、京橋木挽町の時岡庄左衛門の屋敷の庭の植え込みの陰に身をひそめて、闇の奥の明かりにじっと目をすえていた。

寝間の障子に映る有明行灯のほの暗い明かりである。

屋敷の奥女中と思われる二十五、六の女が、その部屋に忍び入るように姿を消してからすでに半刻（一時間）ほどたっていた。

その部屋で何が起きているかは容易に想像がつく。全裸の時岡と奥女中が淫らにからみ合う姿を、なかば楽しむように頭の中で思い描きながら、それが終わるのを待っていた万蔵だったが、時の経過とともにしだいにじれてきた。それにしても長すぎる。

（達者な殿さまだぜ）

腹の中で、万蔵は苦々しく吐き捨てた。

と、そのとき……。

ふいにカラリと音がして、障子が引き開けられた。

ハッと見ると、全裸の時岡庄左衛門が敷居ぎわに仁王立ちしていた。かなりの汗をかいたらしく、体から白い湯気が立ちのぼっている。

万蔵は、すばやくふところから「縄鏃」を取り出して身がまえた。これは細い革紐の先端に棒手裏剣のような鏃をむすびつけた飛び道具で、万蔵が考案したものである。

時岡は素っ裸のまま二、三度大きく深呼吸をすると、障子を閉めてふたたび寝間に閉じこもってしまった。

（ちっ）

万蔵はいまいましげに舌打ちした。

「お加代」

寝間の中から、女を呼ぶ時岡の声が聞こえた。

「臥所は暑い。こちらへきなさい」

どうやら奥女中を廊下側の次の間に呼んだようだ。白い障子に時岡と女の裸身の影がくっきり浮かび立っている。

目をこらして見ていると、ふいに時岡の影がスッと沈み込んだ。

畳の上にあぐらをかいた姿が、影となって障子に映っている。女の影がその上に重なった。二つの影が抱き合った形で上下に大きくゆらぎはじめた。

座位の情交である。時岡の荒い息づかいと女のあえぎ声がかすかに聞こえてくる。

（こりゃ、いつまで待っても終わりゃしねえ）

あきれ顔で、万蔵は立ち上がった。

（一か八か、やってみるか）

左手に輪にたばねた革紐を持ち、右手で革紐の先端についた鏃を回転させはじめた。

障子に映っている時岡の影に向かって、それを投擲するつもりである。

時岡と女は抱き合って睦み合っている。障子越しに時岡だけを首尾よく仕留めることができるのか。まさに一か八かの賭けだった。

万蔵の右手に持った鏃がぶんぶん音を立てて回転している。遠心力で十分加速がついたところで、

（南無三ッ！）

祈るような気持ちで、鏃を投げ放った。

ヒュルルル……。

革紐の先端につけられた鏃が、夜気をふるわせて一直線に飛んでゆく。

びしっ。障子を突き破る音が聞こえた。手応えは十分だった。

「きゃーっ！」

女の悲鳴があがった。万蔵はとっさに革紐を引いた。びしっという音とともに、鏃が障子を突き抜けて、外に飛び出してきた。すばやく革紐をたぐり寄せ

る。

鏃が手元にもどってきた。長さ五寸（約十五センチ）ほどの鏃が血で真っ赤に染まっている。時岡の首を射抜いたにちがいない。

障子に映っているのは、うろたえる女の裸身の影だけである。

「お殿さま、しっかりなさってくださいまし！　お殿さま！」

女の叫び声を聞きながら、万蔵は手ばやく革紐をたばねてふところにねじ込むと、くるっと翻身して、庭の奥の闇のかなたに走り去った。

廊下に蹌踉と足音がひびき、数人の家士が駆けつけてきたのは、万蔵の姿が闇に消えて間もなくだった。

5

夜来の烈しい雨が、朝になって煙雨に変わった。

文字どおり、煙るような白い雨である。

朝五ツ（午前八時）、湯島三丁目の武家屋敷街の通りは、往来する人影もなく、白い煙雨につつまれてひっそりと静まり返っている。

通りの一角に、火盗改役・佐久間将監の屋敷があった。

屋敷の表門のくぐり扉がかすかなきしみを立てて開き、中から三人の武士が姿をあらわした。佐久間将監と配下の与力・中尾軍蔵、そして同心の塚田平助である。いずれも塗笠をかぶり、打裂羽織に野袴といった旅装である。

四日前、佐久間は老中首座・水野忠邦から、日光街道の巡見役を申しわたされた。これは火盗改役としてではなく、本務の御先手組頭としての任務である。

水野の話によると、来年の三月に日光社参が行われるという。そのための下見が佐久間に下された任務だった。

日光社参は、神祖・家康を祀って東照宮が建立されたとき、二代将軍・秀忠が参詣したのを嚆矢として、歴代将軍が徳川家の威光と将軍権力の発揚のために行った、幕府最大の催事である。その規模も壮大なもので、御三家、御三卿はもとより、二千人余が参列するという。

「たまには江戸の外に出るのも悪くはあるまい」

歩きながら佐久間がいった。

「冬枯れの日光路もそれなりにおもむきがあるでしょう」

中尾もすっかり物見遊山気分である。

「旅程はどうなっている」

「今夜は岩槻泊まり。岩槻を発ったあとは古河、宇都宮に各一泊して、四日後に日光に入ります」

「急ぐ旅ではない。四日といわず、五日六日かかってもよい。ゆっくり行こうぞ」

「はァ」

そんなやりとりをしながら、湯島三丁目の角を左に曲がって、湯島聖堂の裏手に出たときである。塚田が険しい目で前方を見やり、

「なんだ、あの男は――」

白く煙る雨の向こうに、ぼんやり人影がにじんでいる。

目をこらして見ると、黒の巻羽織に鉄紺色の着流し、雪駄ばきという一見して町方同心とわかる装りの、長身の男が道の真ん中にうっそりと突っ立っている。

中尾が足を速めて男のもとに歩み寄った。

「そんなところで何をしている?」

「あなた方を待ってたところで」

男がにやりと笑った。仙波直次郎である。

「町方風情がわしらに何の用だ」

「お三方の命をもらいにきたんですよ」

「なに！」

中尾の手が刀の柄にかかった。その背後で、塚田と佐久間も油断なく身構えている。

「火盗改ってのは、盗っ人の片棒をかつぐのが商売なのかい」

がらりと直次郎の口調が変わった。顔つきも「闇の殺し人」になっている。

「貴様ッ！」

抜刀するなり、叩きつけるような斬撃を送ってきた。

一寸の見切りで切っ先をかわすと、直次郎は横に跳んで身を沈め、抜き打ちに中尾の刀をはねあげた。そこへ塚田が踏み込んできて、真っ正面から、

「おのれ、不浄役人が！」

猛然と斬りかかってきた。間一髪、うしろに跳んでかわすと、直次郎はすぐさま左に走って中尾の背後にまわり込み、逆袈裟に薙ぎあげた。

だが、さすがは火盗与力である。中尾はその動きを読んでいた。とっさに体を反転させて、直次郎の逆袈裟を上から受け止めた。

キーン！

刀と刀が咬み合ったまま、数瞬、二人の動きはとまった。そのとき、塚田がふところに手をすべり込ませたのを、直次郎は目のすみでとらえていた。

（手裏剣がくる！）

と見た瞬間、腰の脇差を左手で抜き放ち、塚田めがけて投げつけていた。

「わッ」

悲鳴を発して、塚田がのけぞった。胸に脇差が突き刺さっている。

「塚田！」

中尾が叫んだ。そこに一瞬の隙ができた。直次郎は体を開いて、合わせた刀をはずすなり、横なぐりの一刀を中尾の脇腹に送りつけた。手応えがあった。

中尾の脾腹がざっくり割れて、血が噴き出す。おびただしい量の血だ。だが、中尾は倒れない。片手で脇腹を押さえながら、なおも斬りかかってくる。

右手一本の片手斬りである。直次郎は横に跳んでかわし、跳びながら中尾の籠手めがけて刀を打ちおろした。

ばさっ。

中尾の右手首が刀をにぎったまま、地面にころがった。けだもののような咆哮をあげて中尾は倒れ伏した。雨に濡れた地面がたちまち血に染まった。

中尾と塚田が斬り合っているあいだ、佐久間将監は通りの真ん中に仁王立ちしたまま、一歩も動こうとしなかった。直次郎の剛剣に恐れをなしたのか、それとも中尾と塚田にまかせておけばいいとあなどったのか。

直次郎が刀をだらりと下げたまま、佐久間の前に立った。

「貴様、ただの町方ではないな」

佐久間がうめくようにいった。

「あんたと同じように、わたしも裏表二つの顔を使いわけて生きてるんですよ」

「裏表？」

「表は町方、裏は闇の殺し人」

「うわさには聞いていたが――、そうか、貴様が闇の殺し人だったか」

「さァ、どうする？　あんたもひと汗かくかね」

「やめておこう。貴様には勝てぬ」

「じゃ、腹でも切りますか」

「それも困る。貴様、いくらでわしの命を買ってきたのだ」

「六両」

「わしの命、十両でわしが買いもどす。それで手を打たんか」

「悪い話じゃありませんな」

「即金で払う。こっちへこい」

「へえ」

刀をぶら下げながら、直次郎が歩み寄った。その刹那(せつな)、

「死ね！」

抜きつけの一閃(いっせん)が飛んできた。——と見た瞬間、直次郎は手首を返して、ぶら下げていた刀を垂直に突きあげた。佐久間の手から刀が落ちた。

「ううッ」

佐久間の喉首(のどくび)に切っ先が突き刺さっている。直次郎が刀を引き抜いた。切っ先が喉首からぬけて、どっと血が噴(ふ)き出した。口からも血を流している。

直次郎は血ぶりもせずに刀を鞘におさめて踵を返した。数歩踏み出したとき、背中に佐久間が倒れ伏す音を聞いた。

午後になって雨がやみ、雲間(くもま)から薄い陽が射してきた。

仙波直次郎は、麴町(こうじ)の鈴振谷(すずふりだに)を歩いていた。

お紺が香月家の菩提寺『善祥寺』に向かったと、万蔵から聞いたからである。

『善祥寺』は麴町三丁目の疎林の中にあった。創建百五十年の古刹である。

墓地の奥に、細い香煙がゆらいでいる。林立する墓石のあいだを通りぬけて、直次郎は香煙が立ちのぼる墓に足を向けた。

「香月家代々之墓」と刻まれた墓石の前に、お紺がぬかずいて合掌していた。

直次郎は無言で背後に立った。気配を感じて、お紺がゆっくり振りむいた。

「仙波さま」

「………」

「万蔵さんから話は聞きました。父を罠にはめた張本人は普請奉行の時岡庄左衛門だったそうですね」

「そういうことだ。おれのほうからはもう何もいうことはねえ」

「ありがとうございました。これで父と母も浮かばれます」

「で――、これから、どうするんだい？」

「母方の叔母を頼って、小田原に行くつもりです」

「そうか。江戸を出るのか」

お紺が立ち上がった。直次郎は気まずそうに目をそらした。

「仙波さまには本当にお世話になりました。このご恩は一生忘れません」

「達者でな」

いいおいて、直次郎が立ち去ろうとすると、

「仙波さま」

お紺が呼びとめた。直次郎は、お紺に背を向けたまま足をとめた。

「あれは……、あのときのことは、決して茶番ではありません。わたしは本気でした。それだけは信じてください」

「………」

直次郎は黙って歩き出した。

見送るお紺の目に涙があふれている。直次郎はむろん、その涙にも気づいていない。足早に墓地の奥の疎林に消えていった。

注・本作品は、平成十五年九月、小社から文庫判で刊行された、
『必殺闇同心　夜盗斬り』の新装版です。

一〇〇字書評

切り取り線

購買動機（新聞、雑誌名を記入するか、あるいは○をつけてください）

□（　　　　　　　　）の広告を見て	
□（　　　　　　　　）の書評を見て	
□ 知人のすすめで	□ タイトルに惹かれて
□ カバーが良かったから	□ 内容が面白そうだから
□ 好きな作家だから	□ 好きな分野の本だから

・最近、最も感銘を受けた作品名をお書き下さい

・あなたのお好きな作家名をお書き下さい

・その他、ご要望がありましたらお書き下さい

住所	〒				
氏名		職業		年齢	
Eメール	※携帯には配信できません	新刊情報等のメール配信を 希望する・しない			

この本の感想を、編集部までお寄せいただけたらありがたく存じます。今後の企画の参考にさせていただきます。Eメールでも結構です。

いただいた「一〇〇字書評」は、新聞・雑誌等に紹介させていただくことがあります。その場合はお礼として特製図書カードを差し上げます。

前ページの原稿用紙に書評をお書きの上、切り取り、左記までお送り下さい。宛先の住所は不要です。

なお、ご記入いただいたお名前、ご住所等は、書評紹介の事前了解、謝礼のお届けのためだけに利用し、そのほかの目的のために利用することはありません。

〒一〇一－八七〇一
祥伝社文庫編集長　坂口芳和
電話　〇三（三二六五）二〇八〇

祥伝社ホームページの「ブックレビュー」からも、書き込めます。

www.shodensha.co.jp/bookreview

必殺闇同心（ひっさつやみどうしん）　夜盗斬り（やとうぎり）　新装版（しんそうばん）

令和２年４月20日　初版第１刷発行

著　者　黒崎裕一郎（くろさきゆういちろう）
発行者　辻　浩明
発行所　祥伝社（しょうでんしゃ）
東京都千代田区神田神保町3-3
〒101-8701
電話　03（3265）2081（販売部）
電話　03（3265）2080（編集部）
電話　03（3265）3622（業務部）
www.shodensha.co.jp

印刷所　萩原印刷
製本所　積信堂
カバーフォーマットデザイン　中原達治

 ISBN978-4-396-34621-8 C0193

祥伝社文庫の好評既刊

長谷川　卓　風刃の舞　北町奉行所捕物控①

無辜の町人を射殺した悪党、商家を皆殺しにする凶悪な押込み……。臨時廻り同心・鷲津軍兵衛が追い詰める！

長谷川　卓　黒太刀　北町奉行所捕物控②

斬らねばならぬか――。人の恨みを晴らす義の殺人剣・黒太刀。探索に動き出した軍兵衛に次々と刺客が迫る。

長谷川　卓　空舟　北町奉行所捕物控③

鷲津軍兵衛に、凄絶な突きが迫る！　正体不明の《絵師》を追う最中、立ちはだかる敵の秘剣とは⁉

長谷川　卓　毒虫　北町奉行所捕物控④

地を這うような探索で一家皆殺しの凶賊を追い詰める軍兵衛ら。そんな折、かつての兄弟子の姿を見かけ……。

長谷川　卓　雨燕　北町奉行所捕物控⑤

己をも欺き続け、危うい断崖に生きる女の儚き純な恋。互いの素性を知らず惹かれ合う男女に、凶賊の影が！

長谷川　卓　寒の辻　北町奉行所捕物控⑥

浪人にしつこく絡んだ若侍らは、人違いから別人を殺めてしまう――管轄違いの一件に軍兵衛は正義を為せるか？

祥伝社文庫の好評既刊